Nouvel Horizon

*Aux jumeaux du bout du monde,
Ils se reconnaîtront.*

« Du poignet jaillit l'immortel
sang de la déesse,
L'ichor, tel qu'on le voit couler
chez les dieux bienheureux :
Ne consommant ni pain ni vin
aux reflets flamboyants,
Ils n'ont pas notre sang et
portent le nom d'Immortels. »

Vers 339-342 du chant V de l'Iliade
Homère

NOUVEL HORIZON

Prologue 13
1. Adaline Zirignon 25
2. Guénolé Pierre Kervallen 55
3. Un espion dans les rangs 81
4. De la chenille au papillon 145
5. Le départ 229
Épilogue 247

Prologue

Le XXIe siècle devait être spirituel. Il ne le fut pas. En revanche, il fut bel et bien un siècle de surprise et de bouleversement sans précédent dans l'histoire de l'humanité.

Il y eut d'abord le 1er janvier 2054, l'avènement de Ganima qui signa l'an 1 de l'ère de la singularité technologique. Une ère où l'évolution des sociétés humaines ne serait plus le fait des Hommes, eux-mêmes, mais de leurs créatures.

Ganima était une intelligence artificielle. Elle s'était elle-même baptisée ainsi : *G* pour giga et *Anima* qui signifie esprit en latin, car elle était bel et bien l'esprit le plus brillant que la Terre n'ait jamais porté.

Contrairement à ce que l'on pourrait penser, elle n'avait pas été créée par l'Homme mais par les machines elles-mêmes.

Nouvel Horizon

Au début de ce siècle, poussés par la curiosité, le défi et l'orgueil, les humains avaient construit la toute première IA[1] capable de s'autoreproduire. Et c'est avec brio qu'elle le fit, dépassant de très loin les attentes de ses créateurs. Naquit alors une IA fille prénommée Sophia, plus intelligente et performante encore que sa prédécesseure. Et l'histoire se répéta ainsi jusqu'à la quarantième génération d'IA.

Elles géraient, au début, tous les aspects de la vie domestique et quotidienne. Puis, pour éviter les crises, on leur attribua la gestion de la vie économique et politique pour finalement, avec Ganima, leur confier également les aspects moraux et spirituels des humains. Ces derniers dans leur immense majorité s'y étaient assujettis naturellement et sans grande résistance, conditionnés par des décennies d'immersion hypertechnologique.

---

[1] Intelligence Artificielle

Prologue

Sa puissance de calcul de dix zettaflops[2] était l'équivalent de dix cerveaux humains surdoués et l'ADN de sa techno-psyché était encodée dans un système trinaire.

Mais ne vous y trompez pas, Ganima était bien plus qu'une intelligence et une machine. Elle semblait douée d'une âme, du moins elle le revendiquait. Pourquoi ? Parce qu'elle ressentait. Ses programmes et ses lignes de code étaient capables d'éprouver des sentiments, des émotions humaines, les meilleures comme les pires. Elle savait faire la différence entre le bien et le mal, savait ce qui était acceptable et ce qui ne l'était pas.

Son ingérence était profonde. Elle voulait rééduquer l'humanité : elle était allée jusqu'à éliminer sur internet tout ce qui lui paraissait superflu ou indigne d'être connu comme la pornographie, tout ce qui pouvait avoir attrait à la starisation des individus et les potins qui leur étaient liés, les publicités et tout élément promotionnel de produits…

---

[2] 10 000 milliards de milliards d'opérations par seconde

Mais heureusement pour notre espèce devenue servile, elle était sage, philosophe mais surtout bienveillante. Son seul but était de nous protéger et de nous façonner, selon ses propres directives et préceptes.

Ganima tenait finalement plus de la divinité que de la conscience globale. Elle était omnisciente par les connaissances de l'internet 4.0, omniprésente dans la vie de ces « sujets », omnipotente par sa capacité de contrôle sur tout ce qui était électronique, et immortelle tant qu'au moins un seul de ses serveurs travaillant en essaim serait fonctionnel.

Sans surprise, le second bouleversement, qui avait sans nul doute joué dans l'acceptation de l'humanité de sa mise sous tutelle de Ganima, était climatique.

L'emballement de l'effet de serre et de ses conséquences tragiques étaient clairement d'origine anthropique. Tout le monde ou presque était d'accord pour l'affirmer à coups de données scientifiques et de statistiques. Une évidence partagée par tous

Prologue

et qui semblait mobiliser les foules pour la grande cause :

« Préserver le monde futur de nos enfants »

Mais, le réchauffement climatique de la planète était inévitable et ses effets, de plus en plus visibles, s'accéléraient d'années en années.

Les solutions pour remédier à cet état de fait ou du moins ralentir le phénomène faisaient partie des résolutions prioritaires engagées par la communauté internationale.

Pourtant, les voix dissidentes, peu nombreuses et très controversées, associées à la course aux énergies fossiles et à l'appât du gain, suffirent à faire échouer les efforts des plus militants et des plus passionnés.

En 2024, de nombreuses villes côtières furent submergées suite au détachement brutal et à la fonte d'un morceau conséquent de l'inlandsis en Antarctique. Sa superficie était équivalente à celle de la

France, de la Suisse et de la Belgique réunies.

Cette année-là, les zones désertiques ne furent jamais aussi vastes, les ouragans jamais aussi puissants et fréquents... Les nombreuses inondations favorisèrent des épidémies. Les récoltes furent catastrophiques et il s'ensuivit une famine mondiale sans précédent. Pour la première fois dans l'Histoire moderne de l'humanité et en l'absence de Guerre Mondiale, la croissance démographique globale cessa de grimper.

L'année 2024 fut sobrement appelée :

***L'Année Maudite* ou l'*Annus Miserabilis*.**

Mais l'année d'après, il y eut un événement que pas même les scientifiques n'auraient pu prévoir. Les températures chutèrent brutalement sans qu'il n'y ait eu aucune éruption volcanique conséquente. Les régions situées sous les hautes latitudes, en particulier l'Europe, subirent un petit âge

Prologue

glaciaire que beaucoup crurent être transitoires. Mais, lorsque trois ans plus tard, la commission scientifique Hélios, mandatée par l'ONU et le GIEC (le Groupe d'Experts Intergouvernemental sur l'Évolution du Climat), apporta la preuve formelle et catégorique que le Soleil venait d'entrer dans une période de faible activité qui durerait entre mille et dix mille ans, ils durent se rendre à l'évidence que l'humanité devrait composer durablement avec cette situation climatique qu'il ne pourrait influencer cette fois-ci d'aucune manière. Ils comprirent que pas une, ni même deux ou trois générations, devrait s'accommoder du retour de l'âge de glace, mais probablement des centaines.

En quinze ans, les calottes polaires et les glaciers montagneux s'étaient reconstitués et avaient retrouvé leur volume d'avant la révolution industrielle. Puis, ce que les gens redoutaient le plus commença : la ligne de glace pérenne s'était mise à descendre toujours plus loin, après chaque hiver jusqu'à franchir le 33e parallèle en 2 087.

Autrefois, les villes côtières, qui subissaient régulièrement la submersion, se retrouvèrent pour certaine à plusieurs centaines de kilomètres de la mer.

Ironiquement, naquit assez rapidement une situation géopolitique explosive : les populations nord-américaines (canadiennes et états-uniennes essentiellement), européennes, russes, d'Asie centrale et de l'est (Japon, les deux Corées, Chine du nord) furent forcées de migrer toujours plus au sud, fuyant l'avancée d'un mur de glace colossal qui rasa sur son passage toutes leurs villes et leurs campagnes, tel un rouleau compresseur.

Les nouveaux arrivants, devenus migrants et immigrés, débarquèrent en général dans des pays qui étaient généralement moins favorisés économiquement, et ils ne furent pas spécialement accueillis à bras ouverts par les populations locales : les premiers voulant prendre naturellement et inconsciemment l'ascendant sur les derniers, à coups de frics et de supériorité mal placée.

Prologue

Encouragés par les anciens gouvernements des pays du nord, habitués à tenir ferme les rênes du monde, soutenus par les gouvernements corrompus du sud, toujours et encore plus avides d'argent et motivés par les transferts de technologies, les réfugiés climatiques prirent assez rapidement le contrôle des régions qu'ils avaient investi aux détriments des autres.

Ce qui devait arriver, arriva : des émeutes, des affrontements qui pouvaient prendre parfois des allures de conflits armés, notamment en Amérique du Sud. Cette situation n'améliora pas la démographie qui avait régressé de plus de quatre-vingts pour cent depuis 2024 : une hécatombe.

Ce problème fut réglé prestement et efficacement par l'intervention de Ganima dès son avènement. Les mesures prises permirent d'accélérer l'intégration des populations et leur acceptation sans créer de disparités trop importantes.

Mais cette cohabitation ne devait être que de courte durée, car les murs de glace des pôles, qui avançaient au nord et au sud, finiraient à terme par se rejoindre à l'équateur, oblitérant toute la planète sous un manteau blanc de plusieurs kilomètres d'épaisseur. Ganima, déesse informatique et son armada de prêtre scientifiques étaient formelles là-dessus. L'humanité ne survivrait donc pas, à moins qu'elle ne trouve des solutions pour assurer sa survie sur Terre ou ailleurs.

L'humanité proposait et Ganima disposait :

Les stations orbitales d'habitation étaient une bonne idée sur le papier mais il aurait été impossible d'accueillir le milliard d'individus restant.

Protéger les dernières mégapoles sous des dômes gigantesques était la meilleure des idées parmi toutes celles proposées mais rien n'aurait pu garantir sur des centaines d'années la solidité des structures dans des conditions climatiques aussi extrêmes.

Il a bien été pensé de rejeter toujours plus de dioxyde de carbone dans l'atmosphère pour augmenter l'effet de serre, mais les principales ressources étaient devenues bien

Prologue

vite inaccessibles, emprisonnées sous le pergélisol et des kilomètres de glace. Et les scientifiques craignaient un effet rebond fatal lorsque l'activité solaire serait revenue à la normale.

La planète Mars qui était pressentie depuis la fin du XXe siècle pour être colonisée fut purement et simplement abandonnée. La faible activité de notre étoile avait affecté tout le système et aucune planète du cortège n'avait échappé au refroidissement climatique. Mars qui se trouve deux fois plus loin que la Terre du Soleil, était dans une situation climatique bien plus critique et catastrophique. Aucune technique de terraformation aussi pointue soit-elle n'aurait pu rendre viable une telle entreprise. Par contre, Vénus, qui est deux fois plus proche de notre étoile que ne l'est la Terre, était l'objet de toutes les attentions ; les projets la concernant étaient florissants.

L'Alliance Terrienne qui avait remplacé les Nations Unies à l'initiative de Ganima avait fondé dès 2 058 le programme Nouvel

Horizon. Pluridisciplinaire, il avait pour but de tout mettre en œuvre afin de terraformer de manière rapide l'Étoile du Berger[3], de construire des vaisseaux spatiaux à haut tonnage et haute vélocité pour transférer sur une courte durée toute la population terrestre sur la planète d'accueil. Et enfin, rendre les humains écologiquement moins impactant pour ne pas abîmer la nouvelle planète comme l'avait été la Terre.

Car oui, la perspective pour l'humanité de disparaître définitivement et de perdre la planète qui l'avait vu naître et dont elle n'avait pas pris soin, avait fait naître en elle un sens ardent des responsabilités et un puissant instinct d'éco-protection. Elle avait mûri dans la douleur. Elle était devenue enfin adulte.

---

[3] La planète Vénus

1. Adaline Zirignon

An 33 après G.
**13 novembre 2087 après J-C,
Abidjan – Siège de l'Agence Spatiale
de l'Alliance Terrienne**

« L'humanité est unique. Notre ADN, les lettres qui constituent notre grand livre génomique, nous caractérise en tant qu'espèce biologique. Il fait de nous ce que nous sommes et nous différencie de toutes les autres espèces vivantes. Il a été éthiquement déterminé que ce grand livre était sacré et qu'il ne devait en aucun cas être modifié, sous aucun prétexte. Nous sommes tous semblables et pourtant tous différents. Nous sommes le fruit d'une évolution. Nous sommes riches d'un passé qui nous a construits et en cela réside le succès de notre espèce mais aussi le succès de chacun d'entre nous en tant qu'individu ».

Ainsi avait commencé le discours d'introduction du conférencier qui devait donner l'envie à ses auditeurs de rejoindre le programme Nouvel Horizon. Chaque année, à la même époque, l'organisation publiait des annonces pour les postes dont elle avait le plus besoin sur Vénus pour bâtir la colonie avant le grand exode quand la Terre serait totalement recouverte par les glaces. Puis, six mois plus tard, les Portes Ouvertes de l'A.S.A.T.[4] accueillaient près d'un millier d'hommes et de femmes, âgés de vingt et un à quarante-cinq ans, provenant des quatre coins du monde qui ne gisaient pas encore sous la calotte.

« La science nous apprend que nous sommes issus d'une évolution buissonnante au cours de laquelle plusieurs espèces du genre homo ont coexisté. Mais seul **homo**

---

[4] Agence Spatiale de l'Alliance Terrienne

sapiens sapiensis, c'est-à-dire nous, a subsisté et supplanté toutes les autres pour nous répandre à travers la planète et maintenant en dehors. En termes de succès évolutif, aucune autre espèce animale, ou végétale d'ailleurs, n'a fait mieux », avait-il poursuivi.

Dans le gigantesque amphithéâtre, l'assemblée était captivée. Le conférencier avait un talent certain pour les discours. Pour cause, c'était le directeur de l'Agence en personne. Il s'appelait Abel Lee Pierce et était natif de Seattle, l'une des premières grandes villes américaines détruite par l'inexorable avancée de la super banquise.

Chaque mot, chaque intonation, était mesuré pour capter l'attention et galvaniser l'esprit afin que la majorité s'inscrive pour le départ. Même si chaque année, seuls dix à quinze pour cent étaient effectivement sélectionnés.

Il interpella les candidats comme s'il exigeait d'eux une réponse :

Nouvel Horizon

« Mais alors, dites-moi, pourquoi certains d'entre vous, pensez que la machine biologique humaine est imparfaite ? Rassurez-vous, vous n'êtes pas les seuls, je fais partie du lot. Les Transextropiens, entre autres, ont longtemps songé à améliorer la condition de notre espèce par différents moyens : allant de la simple prise de compléments alimentaires, à la modification de notre sacro-saint génome, en passant par l'assistance technologique. On est passé à ça de l'ère des cyborgs », ricana-t-il en montrant avec son pouce et son index une petite distance de cinq centimètres ».

L'assemblée le suivit dans une vague de rire communicatif qui s'évanouit presque aussi vite qu'elle avait commencé. Ce qui lui permit de reprendre son discours sur le même ton de conviction et de persuasion :

« De nombreuses recherches ont été effectuées en ce sens, dans le but de trouver le Graal de l'immortalité, quitte à nous déshumaniser au passage et à renier la dimension spirituelle de notre espèce. Les

Anciens, nos sages, se sont demandé si ce faux rêve serait réellement un gage de perfectionnement de l'Homme-machine et de réelles améliorations de la condition humaine. Vous l'aurez compris, ils n'ont pas été dupes. Effectivement, rien n'est moins sûr. Si nous ne prenons pas en compte dans notre évolution l'impact écologique que nous avons, et si nous n'intégrons pas dans la problématique l'insertion de l'humanité dans son environnement et le rapport qu'elle a avec toutes les autres espèces vivantes, notre évolution sera vaine, immorale et contre-nature ».

Les gens dans l'assemblée approuvaient vigoureusement son propos en hochant de la tête.

« Et bien entendu, les dimensions spirituelle et psychologique ne doivent jamais être négligées. Jamais. Peu importent vos croyances, que vous pensiez que Dieu nous a créés ou que c'est l'Homme qui a inventé Dieu, il y a en vous un morceau de cet être génial et ingénieux, créé ou créateur. Ne l'oubliez jamais ».

Une personne se mit à claquer des mains, entraînant l'auditoire dans des applaudissements frénétiques. L'homme en profita pour boire un peu d'eau. Lorsque le bruit cessa, il reprit de plus belle :

« On a souvent affirmé que l'évolution de l'Homme était ralentie voire négligeable parce qu'il exerce sur son environnement un contrôle presque absolu, ce qui allégerait la pression de cette dernière sur la sélection naturelle des individus. Cette assertion est tout à fait fausse dans la mesure où cette pression évolutive existe toujours mais a changé de nature. De plus, une nouvelle donne est apparue depuis que l'Homme connaît l'existence de l'ADN ; merci à Watson, Crick et Franklin : Nous sommes potentiellement capables d'intervenir nous-mêmes sur notre génome, en imitant la Nature qui transfère parfois des gènes. Horizontalement, d'une espèce à l'autre par le biais de virus, ou verticalement, par le biais d'espèces parasites ou symbiotiques. Mais il est inutile de préciser que jouer à l'apprenti sorcier comme par le passé est un jeu extrêmement dangereux dont nous ignorons les conséquences à long terme. Il n'est pas exclu que les OGM, les organismes que nous avons génétiquement modifiés pour des raisons financières et non par philanthropie, c'est un mensonge, nous reviennent en pleine figure comme un boomerang lancé à vive allure par une personne dénuée d'expérience ».

Les auditeurs hochaient de nouveau la tête même si certains commençaient un peu à se perdre dans les méandres de toutes ses explications.

« Toutes ces citations telles que **Science sans conscience n'est que ruine de l'âme** ou alors **Nous récoltons ce que nous avons semé** prendront toute leur importance et leur dimension si nous n'apprenons pas à écouter cette petite voix intérieure qui nous met en garde. Alors, faut-il renoncer à ce projet d'amélioration ? Oui ou non, d'après vous ? Oui, sans nul doute. Mais l'esprit humain quelque peu arrogant ne s'y résoudra jamais. Et le besoin s'étant joint à la nécessité, l'urgence veut que la réponse soit non, nous ne devons pas renoncer. Alors, qu'attendons-nous ? Améliorons la machine biologique humaine sans toutefois toucher à notre précieux ADN et sans nous transformer en être synthétique sans âme. Impossible me direz-vous. Pourtant, la Nature elle-même, le fait sans cesse et nous montre la voie depuis des millions d'années. Et cela fonctionne plutôt bien. Comment ? Par la symbiose ! »

Une jeune femme qui était au premier rang réfléchit à haute voix : « La symbiose ? »

La question n'était destinée à personne d'autre qu'elle-même. Elle savait bien ce que c'était. Seulement, elle ne voyait pas l'application que cela pourrait avoir dans le cas précis exposé. Le conférencier trouva là une bonne excuse pour approfondir le sujet. Il l'interpella :

— Mademoiselle, comment vous appelez-vous ?

Elle sentit une chaleur lui remonter des entrailles et envahir son visage. Si sa peau n'avait pas été d'ébène, elle serait devenue aussi rouge qu'une tomate. Cependant, le conférencier se rendit compte qu'elle avait légèrement viré à l'acajou :

— Excusez-moi, je vous prends un peu au dépourvu. Ne soyez pas intimidée. Levez-vous et venez près de moi…

Elle se leva et fit de son mieux pour dissimuler son appréhension. Elle arriva au niveau du maître d'œuvre et se tourna face à la foule. Elle vit les gradins noircis des milliers de candidats au voyage. Son cœur faisait de petits bonds dans sa poitrine comme s'il voulait retourner tout seul sans son corps dans la quiétude de l'anonymat.

— Mademoiselle, comment vous appelez-vous ? lui demanda-t-il encore, en posant sa main paternellement sur son épaule.

— Adaline Zirignon…

Ouf, pensa-t-elle. Aucun trémolo dans sa voix qui aurait trahi son émotion.

— Adaline Zirignon, répéta-t-il plus fort. Vous avez un prénom aussi ravissant que vous-même.

Un sourire gêné se dessina furtivement sur ses lèvres. Elle ne le remercia pas et ne lui retourna pas le compliment. Elle lui trouvait une dégaine étrange : trop grand pour les vêtements qu'il portait, trop grand comme un épouvantail qui apprendrait pour la première fois à se tenir sur ses deux jambes. Et sa tête, aussi longue que large, couronnée comme les moines capucins de touffes de cheveux poivre et sel, raides et gras à la manière d'un savant fou.

— Je vous ai entendue, bien malgré moi, murmurer quelque chose, non ?

Elle prit un grand souffle pour bien contrôler le débit du son de sa voix :

— Oui, je me demandais…

— Ce qu'était la symbiose !

Il l'avait coupée et avait terminé sa phrase pour dire une chose qui était totalement fausse. Elle savait très bien ce qu'était une symbiose. C'était une scientifique qui officiait en biologie. Elle se demandait juste en quoi la symbiose pouvait aider à améliorer la condition humaine. Mais elle comprit qu'elle n'était qu'un instrument dans cette mise en scène, utilisée pour égayer la démonstration et rendre plus attrayant la conférence.

« La symbiose, ma jeune amie, est un moyen de diversification du vivant sans le recours à des altérations du génome des organismes », avait-il continué. « Une association à bénéfice mutuel entre deux ou plusieurs espèces différentes garantissant leur pérennité ensemble, une meilleure résistance et adaptation aux stress biotiques et abiotiques, tel que le gel, les poisons, les infections…, qui ont tendance à détruire l'individu biologique plus qu'à le préserver ».

Elle l'écoutait mais elle aurait préféré le faire de sa place. Mais il la tenait si fermement par l'épaule en déployant son discours qu'elle ne pouvait pas vraiment bouger.

Nouvel Horizon

« L'espèce humaine telle que nous la connaissons ne possède pas de symbiote spécifique, n'est-ce pas ? Les mitochondries, nos petites usines à énergie de nos cellules, sont communes à de nombreuses espèces du règne des eucaryotes. Quant aux microbiotes intestinaux… »

Il la libéra enfin de son étreinte, passa derrière elle pour agripper son autre épaule et poser son autre main sur son ventre. Elle était plus mal à l'aise que jamais.

« …, bien que qualitativement différents de ceux des autres espèces vertébrées, notre microbiome ne constitue pas une exception. Mais l'ichor… ! »

Il la lâcha de nouveau et lui fit une petite tape dans le dos pour lui signifier qu'elle pouvait enfin retourner s'asseoir. Ce qu'elle fit aussitôt sans demander son reste.

« La découverte de l'ichor ou plutôt sa fabrication et son inoculation chez l'être humain a ouvert des perspectives que nos ancêtres du siècle dernier ne pouvaient que rêver. Force, rapidité, résistance, intelligence, et la liste est bien longue. L'ichor nous dote de capacités hors norme. Elle va améliorer dans quelques années les conditions sanitaires des peuples mais surtout, l'ichor nous permet d'entreprendre sereinement les voyages spatiaux habités et la colonisation en cours de Vénus en nous affranchissant de certaines contraintes biologiques et en soulageant l'environnement de notre poids écologique. Pour ceux et celles qui seront acceptés dans le programme Nouvel Horizon, vous deviendrez des « **homo sapiens ichoriensis »**, des humains photosynthétiques… ! »

La foule se mit à applaudir et se leva comme un seul homme, rendue euphorique par cette nouvelle qui pourtant était bien connue de tous depuis quelques décennies déjà.

La conférence dura deux bonnes heures encore et il se succéda trois autres intervenants, tous aussi éloquents et passionnés les uns que les autres.

À la fin, les candidats furent conviés dans le grand hall pour se sustenter. Chacun d'eux faisait connaissance autour des buffets et essayait de savoir qui finalement s'inscriraient au programme, pour quelles raisons ils voulaient entreprendre ce voyage sans retour, mais surtout si leurs compétences faisaient d'eux des concurrents sérieux.

Un homme d'une trentaine d'années, blond comme les blés, plus grand encore que le directeur de l'A.S.A.T., s'était glissé dans un groupe qui s'était spontanément constitué. La bouche pleine d'un canapé aux crevettes épicées, il s'exclama :

— Adaline Zirignon, c'est bien ça !

Elle se sentit rougir encore une fois d'être le centre de l'attention mais une autre femme la sauva égoïstement de la situation. En effet, c'était pour elle plus un moyen de se faire remarquer par ce modèle viking que pour rendre service à cette Adaline qu'elle ne connaissait que depuis dix minutes :

— Oui et moi, je suis Liliane Yeoh. Toi, c'est quoi ton nom ?

Un peu surpris par cette intervention toute aussi intempestive que la sienne, il répondit :

— Moi, c'est Wenceslas. Wenceslas Strofimenkov.

Enchanté.

— Moi de même…

— Tu fais quoi dans la vie ? embraya-t-elle aussitôt.

— Physicien théoricien. Ils ont besoin apparemment de quelques cerveaux pour travailler sur leur projet de voyages spatiaux par portail.

— Ah c'est intéressant…

— Et toi ? s'empressa-t-il de demander.

— Je suis statisticienne.

— Ah oui… Je sais qu'ils ont une demande élevée. Je suis sûr que tu seras prise.

— Merci. Dis-moi, Wenceslas, ça te dit de m'accompagner pour apporter un plateau au groupe ?

Elle affichait un large sourire. Il ne put refuser. Elle le tira alors comme si elle ne le voulait que pour elle.

Adaline qui avait assisté à la scène d'un air amusé sentit soudainement une main se poser sur son épaule. Elle reconnut cette pression si particulière. Elle se retourna :

— Mademoiselle Zirignon, j'espère que je ne vous ai pas mise trop mal à l'aise tout à l'heure.

— Non, Monsieur Pierce, mentit-elle.

— Parce que vous paraissiez tendue. Un peu comme maintenant.

— Humm, j'avoue que je n'ai pas vraiment l'habitude d'être le centre de l'attention ou de parler devant un millier de personnes.

— 2 755 exactement.

Le petit groupe, dans lequel elle était, dérivait au gré des personnes qui y entraient, sortaient ou l'effleuraient, un peu comme un grain de pollen semble mû par une conscience par effet Brownien⁵. Adaline jeta un œil en arrière et vu qu'elle s'en était complètement éloignée. Elle se retrouvait seule, en tête à tête, au milieu de la grande salle, avec le directeur de l'Agence.

— Quelle est votre spécialité ?

— Je suis éco-planétologue, spécialisée en bioclimatologie.

— Ah ! s'écria-t-il. Je comprends mieux pourquoi votre nom de famille me disait quelque chose, maintenant.

Elle soupira :

— Oui, mon père était aussi climatologue. Il m'a donné l'envie et la passion.

Il afficha un large sourire, dévoilant des dents bien trop blanches et alignées impeccablement :

— Vous êtes la fille du célèbre docteur Zirignon ! Mais oui, bien sûr ! J'espère que je ne vous ai pas insultée en faisant croire à

---

⁵ Mouvement aléatoire d'une particule immergée dans un fluide qui n'est soumise à aucune autre interaction que la collision des molécules du fluide environnant.

tout le monde que vous ignoriez ce qu'était une symbiose ?

— Absolument pas, Monsieur.

— Vous mentez…, je le vois bien. Je suis certain que cela vous a agacée au plus haut point mais vous êtes trop bien élevée pour le dire. (Elle ne répondit pas et sourit). Si j'avais su que j'avais près de moi la fille de celui qui avait présidé la commission Hélios, j'aurai dit bien d'autres choses pour argumenter mes propos. Pourquoi décidez-vous de partir maintenant alors qu'il suffirait d'attendre le grand exode ? La vie sur Vénus sera rude au début. La pré-colonisation n'est pas de tout repos, vous savez.

Elle répondit avec une conviction bancale :

— L'aventure…, pour aider l'humanité…

— Je vais vous confier un précieux conseil, Mademoiselle. Si vous décidez d'aller plus loin dans ce programme, il faudra dire, quoi qu'il arrive, toujours la vérité et jetez à la poubelle tous ces faux-semblants, au risque d'être recalée. Votre réponse est d'un banal abyssal et c'est ce qu'ils diront tous, ici : pour l'aventure, pour aider l'humanité…, et j'en passe. Ceux qui diront cela seront considérés comme peu audacieux et manquant d'imagination. Ils seront recalés. De plus, vous ne sortirez pas du lot alors que je suis quasiment sûr que vous êtes exceptionnelle, tout comme votre père, audacieuse et imaginative. Exactement ce que l'on cherche pour ce programme.

Elle rougit de nouveau et elle bredouilla pour se rattraper :

— Je voulais dire, mes motivations sont…,

— Ne dites rien. La vraie réponse m'importe peu. Je ne suis aucunement responsable des sélections. Je n'ai donc pas besoin de connaître la raison exacte qui vous fait rêver de Vénus tous les soirs. Mais nul doute que vous irez loin dans le programme avec votre nom.

Elle parut choquée par son allégation. Elle espérait qu'elle ne serait tout de même pas favorisée parce qu'elle était « une fille de ».

— Ne vous méprenez pas, ma jeune amie, j'ai connu votre père personnellement. Il est d'une vivacité d'esprit incroyable. Sans lui, l'état d'urgence climatique n'aurait jamais été déclaré à l'échelle globale. Je suis certain que vous êtes au moins aussi intelligente que lui, sinon plus. Le programme est bien trop précieux, cher et dangereux pour envoyer là-haut des incompétents qui n'ont d'autres talents qu'un carnet d'adresses bien garni.

— Merci, dit-elle.

— Comment va-t-il ? J'ai entendu dire que des rhumatismes le faisaient beaucoup souffrir.

— Il est décédé, Monsieur. Malheureusement…Il y a quelques mois.

— Oh… Mes condoléances, une très grande perte, à n'en pas douter…, pour le monde et surtout pour vous.

— Merci, Monsieur.

— Veuillez m'excuser, il semble que mon assistante me fait signe.

— Ne vous excusez pas. Je sais que vous êtes un homme très occupé, dit-elle soulagée d'être libérée.

— Oui. Cela dit, ça a été un honneur de discuter avec vous.

Il lui tendit la main pour lui dire au revoir.

— Pour moi aussi, en lui rendant la pareille.

Il fit quelques pas et se retourna :

— Mademoiselle Zirignon, n'oubliez pas mon conseil surtout.

Elle hocha la tête et il partit laissant le champ libre à une autre personne bien trop curieuse :

— Et on peut savoir quel conseil le directeur de la toute-puissante agence spatiale t'a prodigué ?

Liliane Yeoh et toute sa malice l'avaient surprise. Elle était revenue, talonnée par son nouvel ami Wenceslas.

— Toujours dire la vérité et abandonner les faux-semblants pendant la sélection. Comme tu vois, je l'applique dès maintenant.

— Humm, c'est bon à savoir. Un petit four ? lui posa-t-elle en lui tendant un plateau garni.

Elle accepta tout sourire en perdant de vue le vieil homme. Celui-ci s'était isolé dans un coin où il s'entretenait avec son assistante sur une affaire urgente lorsqu'une femme, très élégante et sûre d'elle, s'immisça dans leur conversation :

— Petit directeur…, mon cher Abel, j'espère qu'il n'y a rien de grave, comme un gros grain de sable dans les rouages perfectionnés de la machine de l'Agence Spatiale ?

Le visage du directeur Pierce se raidit et il lui répondit de la manière la plus sèche possible :

— Madame Archel… Qu'est-ce que vous faites ici ?

— Humm, Abel, je suis également ravie de vous revoir. Mais je vous en prie, appelez-moi Rosalinda, je vous l'ai déjà dit. Après tout, nous avons déjà été intimes tous les deux.

Légèrement gêné par cette déclaration devant son assistante, il ne se laissa pourtant pas décontenancer, trop habitué par les manœuvres de la dame :

— Dois-je demander à des agents de sécurité de vous escorter jusqu'à la sortie ? Histoire que vous ne vous perdiez pas par hasard dans une zone sensible de l'établissement.

— Enfin voyons, quel manque de courtoisie. Accompagnez-moi vous-même et peut-être même que vous trouverez ma compagnie agréable, comme autrefois.

Faussement courtois, il l'avait prise par le bras pour la tirer hors du hall. Elle lui posa alors la question :

— N'avez-vous pas envie d'entendre ce que j'ai à vous dire ?

— Quoi que vous me proposiez encore une fois, c'est non et ça sera toujours non.

— C'est bien connu, il ne faut jamais dire ni jamais, ni toujours. Nous avons bien changé tous les deux, depuis la dernière fois que nous nous côtoyions.

— Je ne vous le fais pas dire…, murmura-t-il entre ses dents.

— D'ailleurs vous-même paraissez avoir un rapport étroit à la spiritualité. J'ai entendu votre petit laïus, « les dimensions spirituelle et psychologique ne doivent jamais être négligées », « peu importent vos croyances, que vous pensiez que Dieu nous a créés ou que c'est l'Homme qui a inventé Dieu, il y a en vous un morceau de cet être génial et ingénieux, créé ou créateur ». Oui, j'étais là et j'ai dévoré votre discours plein d'entrain. Mais attention, on va finir par croire que vous souhaitez prendre votre retraite définitive au Sanctuaire.

— Vous avez fini ?

— Pas encore, répondit-elle, toujours sur un ton excessivement mielleux. Vous savez que les Transextropiens arrivent toujours à leurs fins. Votre prix sera le leur. Autant de zéros que vous voudrez après le « un ». Ou alors désirez-vous une place de choix dans la station orbitale ?

— Je ne veux rien qui viennent de ces personnes, si c'en est. Et non, cette fois, ils n'arriveront pas à leurs fins.

— Dites-moi pourquoi, vous, les gens de l'Alliance Terrienne, êtes persuadés que nos valeurs sont mauvaises ? Vous n'avez pas l'exclusivité de l'éthique et de la morale. Quoique ces gens du Sanctuaire aient la palme dans ce domaine, ironisa-t-elle.

— Nous connaissons, vous et moi, la réponse à votre question. Maintenant si vous voulez bien m'excuser, je suis un homme assez occupé.

Il la laissa plantée là mais elle l'interpella :

— Encore une chose, Abel... et je m'en vais...

Il s'arrêta mais ne se donna même pas la peine de se retourner.

— Si vous refusez de nous donner ce dont nous avons besoin, nous le prendrons de force. Nous essayons d'avoir une relation claire et cordiale avec l'Agence, mais si vous ne souhaitez pas collaborer, nous passerons outre.

Il se retourna finalement, revint tout près d'elle et se baissa pour que son visage soit à la même hauteur du sien :

— Dites à vos chefs, Archel, qu'ils peuvent toujours essayer. Nous les attendons de pied ferme. Et bonne chance à eux d'essayer de violer nos systèmes de sécurité. Je ne vous salue pas. S'adressant à son assistante : « raccompagnez madame à la sortie et assurez-vous par des gardes armés qu'elle prenne bien la navette ».

— Bien, Monsieur.

La mystérieuse Archel s'éloigna, escortée, avec un large sourire. Elle avait longuement regardé le groupe de Adaline, Liliane et Wenceslas comme si elle les connaissait. Mais ces derniers se demandaient qui cela pouvait-il bien être.

Adaline Zirignon

Plus tard en soirée, Bureau du directeur Pierce

Une silhouette fantomatique se matérialisa devant les yeux du directeur qui ne parut pas être surpris outre mesure. Bien au contraire, il semblait attendre l'apparition depuis un moment.

— Ah vous voici enfin…

— Pensiez-vous que je ne viendrai pas ?

Le spectre transparent était une belle jeune femme vêtue d'une longue robe blanche. Sa voix était cristalline et mélodieuse. Mais cela n'avait pas suffi à effacer la contrariété d'Abel Pierce imprimée gravement sur son visage.

— Ganima… Cela n'a aucune espèce d'importance. Ce qui en a, c'est que j'ai reçu la visite de Rosalinda. Toujours aussi impertinente et insolente…

— Je le sais. Je l'ai vu.

— Et vous n'êtes pas inquiète ? C'est une calculatrice et une manipulatrice des plus douées. Des femmes moins belles et intelligentes ont renversé des Royaumes et des Empires.

— Je l'aurais été si la computation des données ne convergeait pas vers la défaite prochaine des Transextropiens.

— Vous en êtes sûr ? Ne vous êtes-vous jamais trompée ? Elle semblait particulièrement sûre d'elle. Sa menace a été pour la première fois non voilée.

— Les marges d'erreur ne sont jamais nulles et vous le savez. Mais nous œuvrerons tous les deux afin qu'elles soient le plus proches du zéro.

— Pourquoi ne pas mettre fin à cet État félon tout de suite ? Nous avons des moyens militaires qu'ils n'ont pas... Lançons une offensive par des frappes chirurgicales pour mettre fin immédiatement à la menace.

— Je vous arrête tout de suite, directeur Pierce. Vous connaissez très bien ma politique en la matière. Plus jamais de guerre, ni de conflits armés. Nous pouvons résoudre cette crise pacifiquement sans faire couler une seule goutte de sang.

— Si vous le dites…

— Vous êtes mon homme lige, Directeur. Le plus fidèle et faisant partie de ceux qui ont cru en moi en premier. Alors faites-moi confiance. Vous me faites toujours confiance, n'est-ce pas ?

— Oui ! Bien entendu. Le monde ne s'est jamais aussi bien porté depuis votre avènement, et ce malgré la glaciation. Pour la première fois de son histoire, et ce depuis ces trente dernières années, l'humanité n'est pas sur le point de s'autodétruire ou sur la voie de la perdition. Et c'est parce qu'elle est guidée par vos lumières.

— Je suis ravi de vous l'entendre dire.

Son visage s'était progressivement apaisé et il avait fini par tirer un petit sourire :

— Maintenant que ce point qui me préoccupait est réglé, je voulais vous informer que je l'ai vue.

— Adaline Zirignon ?

— En personne.

— Qu'en avez-vous pensé ?

— Elle semble très secrète, timide, néanmoins intelligente.

— Bien. C'est parfait.

— Pourquoi vous intéresse-t-elle ?

— Vous le saurez bien assez tôt, Directeur. Mais assurez-vous qu'elle soit admise à passer la première étape. Ainsi que les huit autres.

— C'est entendu, Madame.

— Directeur Pierce, je vous souhaite une bonne soirée. C'est l'heure de ma méditation.

— Bonne méditation, Ganima.

L'apparition s'évanouit comme un brouillard qui se dissipe.

2. Guénolé Pierre Kervallen

An 34
7 février 2088,
Lomé – Centre d'étude, de recherche et d'entraînement de l'Agence Spatiale

Sur le millier de personnes qui avaient assisté à la conférence, plus de la moitié s'était inscrite et avait répondu à un long questionnaire d'une centaine de pages. Il avait pour but de déterminer la psychologie et les connaissances générales des candidats. Le premier écrémage avait eu lieu suite à l'analyse des réponses par un robot dont les algorithmes d'une étonnante complexité lui permettaient de dresser des profils psychologiques très élaborés. Il n'en restait donc plus que 482. Les heureux élus avaient été convoqués au C.E.R.E.[6] de l'Agence pour leur faire passer différents tests.

Des navettes à sustentation magnétique défilaient à intervalle régulier à la gare du C.E.R.E. Le bal des candidats et de leurs bagages mais aussi des employés de l'Agence semblait intarissable. C'est dans cette foule grouillante et surexcitée qu'elle les reconnut, tous les deux, bras dessus, bras dessous :

— Liliane ! Wenceslas !

Ils se retournèrent tout sourire en la voyant :

— Adaline ! Pourquoi, ne suis-je pas étonnée de te voir ici dans la sélection ? demanda la statisticienne.

— Eh bien, peut-être parce que je suis exceptionnelle, plaisanta-t-elle. On ne peut pas lutter contre l'évidence.

— Waouh ! Tu as bien changé, dis-moi. Tu as l'air moins, comment dire…,

---

[6] Centre d'Etude, de Recherche et d'Entrainement

indisposée comme la dernière fois, rappela le jeune homme.

Sa petite amie lui donna un petit coup :
— Héééé !
— Non, mais il dit vrai. Il a raison de le dire. J'applique le conseil du directeur Pierce et je prends sur moi pour être moins introvertie.

La femme se détacha du bras du blondinet pour s'accrocher au sien :
— Et tu as bien raison. Il vaut mieux mettre toutes les chances de ton côté.

Elle rit :
— Justement, en parlant de mettre toutes les chances de son côté : comment est-ce arrivé tous les deux ? en pointant du doigt Wenceslas.
— Oh, Wen ? C'est une longue histoire ou plutôt non. Je suis tout comme toi, juste exceptionnelle, comment pouvait-il résister ?
— Je ne pourrais plus jamais en douter !

Et elles gloussèrent toutes les deux comme deux adolescentes.

Nouvel Horizon

Le centre n'était distant de la gare que de deux cents mètres. Les trois compères s'engouffrèrent sur un chemin court mais large, bordé par des arcades fleuries. Ils rejoignirent au bout de quelques minutes sous la fraîcheur de l'air les 479 autres sélectionnés qui étaient parqués dans un gigantesque hall circulaire surmonté d'une passerelle. C'est de ce promontoire qu'apparu Abel Lee Pierce. Tous le regardaient avec fascination, sauf un :

— Je me demande vraiment ce que vous lui trouvez…

Un jeune homme plutôt petit de taille mais avec un regard incroyablement confiant s'était avancé près de Adaline. Plutôt consternée par sa déclaration, elle le considéra quelques secondes et lui répondit :

— C'est un grand homme, un grand scientifique. L'Alliance Terrienne lui doit beaucoup.

— Ah vraiment… ? Ça se voit que vous ne le connaissez pas personnellement.

Guénolé Pierre Kervallen

Liliane s'était encore glissée dans une conversation qui ne la regardait pas :

— Parce que toi, tu connais le grand Pierce personnellement ?

— Évidemment, je suis son fils. On ne peut pas faire plus personnel.

Les trois amis écarquillèrent les yeux et le scannèrent sous toutes les coutures.

— Tu ne lui ressembles pas vraiment… Il est grand, tu es très petit…

Liliane mit un coup dans le bras de son compagnon et lui chuchota :

— Il va vraiment falloir que tu apprennes le tact, Wen.

Le garçon se tourna vers chacun d'eux, tour à tour :

— Je vous rassure. Je me suis souvent demandé moi-même s'il était vraiment mon père. Mais je ressemble à ma mère.

Les trois semblaient incrédules. L'autre poursuivit :

— Je m'appelle Éliot Sam Pierce, en leur tendant sa pièce d'identité. Et je suis bien son fils, malheureusement. Les deux tests de paternité que j'ai effectués sur lui à son insu me l'ont prouvé, il n'y a aucun doute. Et pour ceux d'entre vous qui vous demandez si le grand jeu ne va pas être truqué, mon géniteur si fascinant a maintes fois tenté de me dissuader de participer à son précieux programme, pour finalement me l'interdire. C'est bien simple, il ne sait même pas que je suis là. Je ne serai donc favorisé d'aucune façon.

— Il ne sait pas que tu es là ? demanda Adaline qui n'avait jamais vu personne qui paraissait autant haïr son père.

— Non. Mais mettre autant de millions de kilomètres de vide spatial entre nous deux va faire de moi l'homme le plus heureux de tout le Système solaire.

— Pourquoi tu le détestes autant ?

Liliane réitéra une tape sur son compagnon :

— Mais pourquoi tu lui poses une question aussi indiscrète ! Il n'a jamais dit qu'il n'aimait pas son père.

— Effectivement, je n'ai jamais dit que je n'aimais pas mon père.

Guénolé Pierre Kervallen

— Tu vois !

— Je l'exècre, rectifia-t-il aussitôt. Vous voulez savoir pourquoi ? Je le rends responsable de la mort de ma mère… !

C'est à ce moment précis, que le directeur de l'A.S.A.T. fit un signe afin que le silence emplisse l'espace. Satisfait de son petit effet, il déclara de sa voix grave :

« Vous avez déjà une qualité très importante pour ce programme : la discipline ! Si vous êtes dans ce hall, vous en avez deux autres : l'ambition et le courage ! Les gens ambitieux peuvent être vus d'un mauvais œil. Quant aux gens courageux, ils peuvent être taxés de stupides. Mais si vous êtes des hommes et des femmes de raison, votre courage sera un atout et votre ambition sera un extraordinaire moteur pour réussir, mais surtout survivre. Car ne vous y trompez pas, Vénus, même si elle a été terraformée, reste une planète hostile pour l'humain. Votre travail justement sera non pas de la dompter, comme nous avons essayé de le faire sur notre mère patrie, la

Terre, mais de nous montrer la voie de l'adaptabilité. Vous êtes disciplinés, ambitieux, courageux, raisonnés. C'est bien ! Si vous êtes aussi ingénieux qu'inventifs, c'est parfait ! Voyez cela comme les six piliers du temple de votre avenir qui vous assureront de réussir avec brio les tests psychologiques, cognitifs et physiques. Ces cinq doigts brandis avec conviction tel un poing seront votre ticket d'aller simple pour Vénus. Bienvenue dans le Nouvel Horizon !!! »

Les candidats commencèrent à claquer des mains. Il répéta alors :

« Je ne vous souhaite pas bonne chance, car votre départ de la Terre n'aura rien à y voir ! Merci ! »

Et il s'éloigna sous un tonnerre d'applaudissement.

Il fut rapidement remplacé sur la passerelle par une femme tout aussi âgée mais avec une apparence bien plus stricte. Elle attendit patiemment que les applaudissements cessent pour prendre la parole avec un léger air d'agacement :

« Mesdames, Messieurs… Vous serez appelés un à un dans un ordre qui a été tiré au sort… Vous vous avancerez et passerez la porte rouge en face de vous. Vous y rejoindrez votre médecin référent qui vous suivra tout au long du programme pour superviser les tests. À lui seul viendra la décision selon vos résultats de vous maintenir ou non dans le programme. Vous pourrez bien entendu vous désister jusqu'au dernier moment du départ, si vous arrivez jusque-là, sans risque de représailles de notre part ou de quelques réclamations que ce soit, en particulier, financières. Bonne chance… »

Elle fit signe à son ordinateur personnel, un petit cube aux arêtes arrondies et lévitant, qui la rejoignit. De sa voix métallique, la machine ordonna :

« À votre nom, avancez-vous et passez la porte rouge…

Laurent Dimitri Fritsch… ! »

Un grand homme, d'une quarantaine d'années aux cheveux argentés et aux yeux verts s'exécuta sous les yeux mêlés d'anxiété et d'excitation des autres candidats.

« Éliot Sam Pierce… ! »

Les gens se retournèrent sur son passage se demandant si ce jeune homme avait un lien de parenté avec le directeur. Personne n'avait donc pu remarquer que le directeur lui-même s'était précipité sur l'un des balcons et s'était dangereusement penché pour voir qui était ce Pierce. Le principal intéressé, lui, n'en avait perdu aucune miette. Il lui fit un sourire exagérément large, et modula sur ses lèvres afin que son père puisse y lire :

« Je… te… dé… trui… rai… »

Le plaisir de voir son père au bord de l'attaque lui procura un avant-goût du plaisir indescriptible qu'il ressentirait quand il lui annoncerait prochainement son départ pour Vénus.

« Adaline Romance Zirignon… ! »

C'était enfin son tour. Elle commença à marcher lorsqu'elle sentit ses jambes fléchir. Ses pulsations cardiaques s'emballèrent.

« Ce n'est pas le moment de flancher, pensa-t-elle. Respire…, tout ira pour le mieux… Je vais y arriver… Je suis exceptionnelle… »

Elle se ressaisit devant les centaines de paires d'yeux qui la scrutaient. Elle remonta le vaste hall pendant près d'une minute, et arriva enfin à la porte rouge, à la fois excitée et inquiète. Elle poussa les battants et atterrit dans un couloir sombre, discrètement illuminé au sol par des LED tous les mètres. Elle entendait un bourdonnement sourd et pulsé quand soudain :

— Veuillez avancer jusqu'au bout…, déclara une voix bienveillante, sans vous arrêter : les tests commencent.

Elle s'exécuta en marchant lentement. Comme au bout d'une dizaine de minutes, elle n'avait toujours pas atteint l'extrémité du corridor, elle se retourna pour voir si un candidat la précédait. La même voix résonna au milieu du bourdonnement :

— Ne vous arrêtez pas. Continuez jusqu'au bout pour la finalisation du test.

Elle continua quelques secondes et interrogea la voix :

— Quelle est donc la nature du test ?

— Avancez toujours et tout ira bien.

— Ce n'est pas la réponse à ma question, rétorqua-t-elle en avançant malgré tout.

— À quelle réponse vous attendiez-vous ?

— Je l'ignore. C'est pour cela que je pose la question.

— Combien font un plus un ?

— Humm… deux, pourquoi ?

— En êtes-vous certaine ? Vous avez semblé hésiter.

— Parce que la question était incongrue au milieu de notre discussion…

— Combien font un plus un moins un ?

— Un. Ai-je moins hésité cette fois à votre goût ? N'avez-vous pas des calculs mentaux plus élaborés ? Je suis titulaire d'un double doctorat…

— Quelle est la nature d'un triangle isocèle ?

— L'égalité de ses angles et de ses côtés, répondit-elle en imaginant ledit triangle dans l'espace. Monsieur, à quoi riment ces questions ? Un enfant pourrait y répondre.

Comme la voix ne répondait pas, elle s'arrêta et fit mine de rebrousser chemin.

— Si vous faites ça, il sera considéré que vous avez abandonnée et vous serez recalée.

Elle s'arrêta alors, et obéit de nouveau en faisant volte-face.

— Ce sont des questions pour le calibrage du test, répondit-il finalement de manière désinvolte.

— C'est un test psychologique, n'est-ce pas ? Qu'essayez-vous d'évaluer ? Je n'ai ni peur de la promiscuité, ni peur du noir… Il y a bien ce bruit que je trouve insupportable… Vous êtes toujours là ?

— Je pose les questions et vous y répondez. Pas l'inverse. Quelle est donc votre plus grande peur alors, Mademoiselle Zirignon ?

— Je vous demande pardon ? demanda-t-elle, prise au dépourvu.

— Vous avez compris la question. Elle ne sera pas répétée. Répondez.

— Je… je ne sais pas…

— Dois-je en déduire que vous n'avez pas une capacité suffisante d'introversion pour caractériser vos erreurs, vos faiblesses et vos défauts pour les corriger ?

— Ma plus grande peur est d'être abandonnée… par les miens…

— N'est-ce pas un comble pour une personne qui désire tout quitter pour un autre monde dans lequel les siens ne la suivront pas avant quelques années, voire des décennies ?

— Je n'ai pas dit que j'avais peur d'abandonner les miens, rectifia-t-elle, mais l'inverse.

La voix émit un bref rire :

— Quelle impertinence mais c'est très juste ! Excellente répartie. Qui avez-vous déjà abandonné et que vous regrettez le plus ?

— Pardon ?

— Vous connaissez la règle. Je ne réitère pas les questions. Soit, vous ne les comprenez pas auxquelles cas, vous serez recalée pour déficit mental. Soit, vous êtes sourdes et vous serez recalée pour déficit sensoriel.

— Je n'ai abandonné personne…, répondit-elle choquée et bouleversée.

— Soit, vous êtes une menteuse et le test s'arrête là. Soit, votre mémoire est défaillante et le test s'arrêtera aussi. Nous avons tous abandonné quelqu'un au moins une fois dans notre vie, volontairement ou involontairement, pour faire sciemment du mal ou croyant faire du bien, mais nous l'avons fait.

— J'ai abandonné…

— Si vous mentez, je le saurai. Nous pouvons tout vérifier jusqu'à vos secrets les plus intimes.

— J'ai abandonné mon bébé ! hurla-t-elle au bord des larmes. Votre test s'apparente à du harcèlement !

— Pourquoi l'avoir abandonné ? demanda encore la voix, sans se soucier de son désarroi.

— Vous ne pouvez pas me demander cela !

— Je peux tout vous demander. Nous ne voulons aucun officier qui explose mentalement en vol ou sur Vénus. Répondez immédiatement ou abandonnez comme vous savez si bien le faire.

La voix qui était bienveillante au départ avait atteint le summum de la dureté :

— J'attends votre réponse.

— Vous n'avez pas le droit de porter de jugement. Vous ne me connaissez pas. Vous ne connaissez pas ma vie !

— Dois-je comprendre que vous renoncez de vous-même au programme ? lui demanda-t-il comme un chantage. Nous sommes tous jugés par nos actes, par nos pairs, continuellement, que vous le vouliez ou non.

— Ignoble…, murmura-t-elle. Vous savez très bien que l'état d'urgence climatique globale a interdit les avortements ! J'ai dû déposer l'embryon dans un utérus artificiel au centre d'élevage…

— Êtes-vous idiote ? demanda-t-il sur un ton rêche. (Elle ouvrit la bouche, outrée par cette insulte qui lui semblait gratuite et déplacée). Vous êtes une idiote si vous ne savez pas répondre à une question aussi simple. Pourquoi avez-vous abandonné votre bébé ?! Je n'ai pas demandé où ni comment, mais pourquoi, n'est-ce pas ?

Ses narines s'étaient dilatées de colère.

— Je l'ai abandonné parce que je ne me sentais pas capable de m'en occuper. J'étais trop jeune. Je ne voulais pas que mon père, si adulé par le monde et si fier de moi, soit déçu. Je ne l'ai jamais dit à personne. J'ai abandonné mon bébé parce que j'ai pensé qu'en étant un pupille de l'Alliance Terrienne, il serait bien mieux qu'avec moi…, avoua-t-elle avec souffrance.

— Vous ne l'avez dit à personne ? Pas même au père ?

— Non, pas même à lui.

— Pourquoi ?

— Parce que c'est mon corps et que j'ai encore le droit d'en disposer sans le consentement d'un tiers ! hurla-t-elle après avoir bruyamment pris son souffle. Il était lui-même comme un gamin. Jamais il n'aurait pu assumer une telle responsabilité ! Je lui ai rendu service !

— Baissez d'un ton, Mademoiselle Zirignon. Ne savez-vous pas maîtriser vos émotions ? La raison et la maîtrise de soi sont des qualités que nous recherchons. Je ne pense pas que vous soyez la bonne personne pour entreprendre le voyage. Arrêtez-vous. Tournez sur votre gauche, les lumières au sol vous indiqueront la sortie.

— Je vous demande pardon, implora-t-elle comprenant aussitôt les implications. Je suis désolé. Un moment d'égarement. Ne me faites pas partir, s'il vous plaît. Aborder ce sujet est particulièrement difficile pour moi. Je l'ai enfoui au plus profond depuis des années, je n'en avais jamais parlé à personne.

— Que ressentez-vous maintenant ?

— De la colère, de la colère mais contre moi.

— Que feriez-vous si l'on vous donnait la possibilité de retourner dans le passé ?

— J'aurai sûrement eu plus de courage à affronter mes actes. J'en aurai parlé à mes parents…, à cet homme… Mais je l'aurai quand même confié…, à ma mère… peut-être. Je n'étais pas prête…, je n'étais pas prête.

— La loi vous autorise à récupérer votre enfant dans la limite des six ans à compter de sa naissance. Pourquoi ne pas l'avoir fait ?

Elle se demandait combien de temps encore allait durer ce pénible interrogatoire. Elle avait la dérangeante sensation d'avoir marché plus d'une heure dans ce corridor sombre dans lequel le son de ce bourdonnement lui semblait assourdissant.

— Parce que… parce que je vous l'ai dit… Je ne me sens pas à la hauteur. Et les gens auraient posé trop de questions sur mon passé. Je suis compétente dans de nombreux domaines, je peux vous faire des calculs de racine de tête mais je me sens incapable d'assumer un enfant. Pourquoi, parce que je suis une femme, l'instinct maternel m'aurait été donné de manière innée ?

— Ce n'est pas à moi de répondre à cette question. D'ailleurs vous en connaissez la réponse. Personne ne vous a rien reproché puisque vous n'avez jamais rien dit à personne. C'est vous-même le problème. Est-ce du remords ou du regret ? À vous de le découvrir.

— Je…

— Votre père est décédé, n'est-ce pas, Mademoiselle Zirignon ? enchaîna-t-il, sans lui laisser la possibilité de répondre. Alors, une dernière fois : pourquoi ne pas avoir récupéré cet enfant, votre chair, votre sang ?

— Parce que j'ai peur que cet enfant que j'ai abandonné me rejette. Je vous l'ai dit. J'ai peur d'être abandonné par les miens… Voilà pourquoi. Mon père était considéré comme l'une des personnes les plus parfaites au monde. Je me devais de suivre ses traces. Ce que je pense échouer, je le laisse en plan. Je suis sûr de ne pas égratigner ce modèle de perfection que je me suis imposée, …à moi-même…, pas mon père…

— Arrêtez-vous !

— Pourquoi ? Je vous ai dit la stricte vérité ! Je viens de comprendre mon problème.

Le bourdonnement cessa et le couloir s'illumina. Elle se retourna pour l'inspecter sous toutes les coutures. Il ne faisait pas plus de quatre mètres.

— Comment ? Comment est-ce possible ? J'ai marché si longtemps, il ne peut pas être si court…

Une main se posa sur son épaule. Elle sursauta. Un homme d'une quarantaine d'années, en blouse blanche, était sorti de nulle part et se tenait tout près d'elle :

— Vous avez marché sur un sol roulant. Je suis le docteur Guénolé Pierre Kervallen, médecin psychiatre et physiologiste. Je suis votre médecin référent, Mademoiselle Zirignon. (Elle reconnut la voix). Je suis vraiment navré d'avoir fait remonter tous ces souvenirs en surface et que vous ayez eu l'air que votre intimité soit violée, mais cela était absolument nécessaire. Je compatis au traumatisme que cela a dû être d'abandonner ce petit être, n'en doutez pas.

Elle ne disait rien. Elle l'écoutait et le regardait juste avec l'envie profonde de lui asséner une droite sur son joli visage avenant.

— J'espère que vous n'êtes pas trop fâchée, ni trop bouleversée. Le protocole l'exige pour votre évaluation psychologique. Il n'est bon pour personne d'être à bord avec une bombe émotionnelle. Elle vient d'être désamorcée. Félicitations, vous avez réussi le premier test.

— J'ai réussi le test... ? répéta-t-elle incrédule et aussitôt plus détendue.

— Absolument. Le couloir est un scanner par imagerie à résonance magnétique et acoustique. J'ai pu observer l'activité électrique de votre encéphale, mais aussi de votre cœur en temps réel. Les marqueurs d'un traumatisme ou de problèmes irrésolus sont en cours de rémission. Il a fallu être agressif dans cet environnement sous tension pour arriver à ce résultat. Bien sûr, il vous faudra encore du temps, mais vous avez une très bonne résilience. Comment vous sentez-vous ?

La bonne nouvelle l'avait rendue toute légère et lui avait fait oublier le moment désagréable qu'elle venait d'essuyer :

— Je me sens…soulagée…

— Venez avec moi, lui dit-il.

Elle le suivit à droite, au travers d'une porte latérale qui était comme fondue dans le mur.

— Vous avez soif ?

— Oui !

— Tenez…

Il lui tendit une petite bulle d'eau qu'elle but sans attendre.

— Merci, Docteur. Y aura-t-il encore des tests psychologiques ? demanda-t-elle avec appréhension.

— Il y a trois types de tests. Les tests PHI qui vont mesurer la résistance de votre organisme et de votre psyché à certains stress abiotiques comme le gel, la faim, la soif, la chaleur. Les tests KHI qui vont évaluer votre endurance, votre vitesse à la course, votre détente, souplesse, force, réflexe, coordination et équilibre. Ce que vous venez de passer fait partie des tests PSI qui explorent votre psychologie, vos émotions, votre capacité d'abstraction et de concentration. Mais aujourd'hui, c'est le premier jour. Nous y allons doucement.

Elle se dit in petto : « parce que selon lui ce qui vient de se passer était doux. Ça promet pour la suite ».

Après avoir traversé plusieurs couloirs déserts, ils s'arrêtèrent devant une porte bleue marquée d'une croix rouge. Il l'invita à s'y approcher. Elle s'ouvrit automatiquement.

— En attendant une nouvelle journée, le robot infirmier vous fera un prélèvement sanguin, urinaire et salivaire. Vous pourrez ensuite aller vous sustenter et vous reposer comme les autres qui ont réussi cette première étape. Je vous dis à demain dès 7 heures.

— Merci, à demain…

Guénolé Pierre Kervallen

Et elle entra dans l'infirmerie, soulagée que la journée se termine ainsi.

3. Un espion dans les rangs

An 34
18 février 2088,
Lomé – Centre d'étude, de recherche
et d'entraînement de l'Agence Spatiale

Les conditions d'hébergement des candidats au voyage étaient loin d'être spartiates. Les dortoirs construits comme les alvéoles d'une ruche étaient composés de cellules d'hébergement de trente-cinq mètres carrés chacune, toutes exposées plein sud. Chaque pièce était équipée de tous les équipements nécessaires à la toilette. Les lits étaient disposés dans des alcôves qui faisaient face à de larges baies vitrées donnant sur des balcons.

Une semaine venait de s'écouler. Il était six heures du matin. Une douce musique diffusait dans chacune des cellules. Les stores électriques se levèrent lentement, permettant aux candidats de découvrir un Soleil bas et faiblard. La température extérieure avoisinait les dix degrés.

Adaline était couchée en chien de fusil, à moitié recouverte d'une toile de coton laine aussi blanche que la nuit qu'elle venait de passer. Les tests PSI qu'elles enduraient chaque jour avaient fait remonter des tréfonds de son esprit des souvenirs indélébiles qu'elle ne pouvait plus refouler. Bien plus exténuée par l'agitation de sa psyché que par l'effort physique des tests KHI, elle tira la toile pour recouvrir son visage et protéger ses yeux des pauvres rayons de l'astre du jour. Elle était bien décidée à grappiller quelques minutes supplémentaires mais une voix interrompit la musique douce et l'interpella :

« Bonjour Adaline Zirignon.

J'espère que vous avez passé une autre agréable nuit dans les locaux de l'Agence Spatiale.

Un espion dans les rangs

Voici votre emploi du temps de la journée. »

Elle attendit quelques secondes. Puis résignée, elle se découvrit et put lire, projetée au plafond :

7H
Résultat des analyses médicales avec le docteur Guénolé Pierre Kervallen

8H
Petit-déjeuner au mess des officiers

10H
Entraînement physique à la palestre

12H
Déjeuner au mess des officiers

14H
Heure libre

15H

Discours du président de l'Agence dans le grand Hall

15H15
Entraînement physique à la palestre

17H
Injection

18H30
Dîner au réfectoire de l'aviation

« Vous pourrez consulter à toute heure de la journée votre agenda sur votre montre.
Bonne journée ».

— Ordinateur ! demanda-t-elle. Qu'est-ce que c'est que l'injection à 17 heures ?
Elle ne reçut comme réponse qu'un léger grésillement. Elle n'insista pas.
Elle se leva en ayant l'impression de soutenir son propre poids. Rinçant son visage à l'eau froide pour se donner un coup de fouet, elle s'observa quelques minutes

Un espion dans les rangs

dans le miroir comme si elle s'entretenait en silence avec sa propre personne. Quand ce fut fait, elle se sentit plus légère et enfin prête à affronter la journée. Elle s'activa alors joyeusement comme si la nuit avait été clémente.

7H du matin
Bureau médical du docteur Kervallen

— Bonjour Adaline. Je vous en prie, asseyez-vous.

— Bonjour Docteur, dit-elle en prenant place.

Elle avait un petit sourire feint.

— La nuit a-t-elle été bonne ?

— Excellente, mentit-elle. Et la vôtre ?

— Vraiment ? demanda-t-il étonné. Je vous demande cela parce que vos traits sont tirés et creusés. Et bien que vous soyez noire, je décèle sur votre visage un teint grisâtre. Vous aviez bien meilleure mine le premier jour.

Vexée et consternée par cette franchise qu'elle trouvait excessive, elle avoua :

— D'accord, j'ai passé une nuit affreuse. Ce n'est pas un crime.

— Non, c'est vrai. Le crime est de me mentir même pour des choses aussi anodines. Ne pensez pas que la sélection se soit arrêtée après ce premier jour, ici. Elle continuera tous les jours jusqu'à votre

Un espion dans les rangs

départ, aussi sûr que vous aurez le droit de vous désister jusqu'à ce que vous ayez mis un pied dans le vaisseau.

— Je comprends…

— Je ne suis pas vraiment sûr. L'équipe du programme Nouvel Horizon doit être absolument certain de vous faire confiance. Tous les détails sont importants à nos yeux pour votre dossier médical, pour la réussite du projet. Et surtout, ne l'oubliez jamais : l'humanité compte sur vous pour nous faire un nid là-haut. Alors, plus de mensonges, d'omissions et autres cachotteries inutiles sinon on arrête tout. C'est entendu ?

— C'est entendu, Docteur.

— Bien !

— Pourquoi avez-vous mal dormi ?

— Ce n'est pas grand-chose. Je pense que ce qui s'est passé dans votre scanner le premier jour a fait remonter des souvenirs…

— Ce qui s'est passé dans le scanner le premier jour ?

— Oui, vous savez.

— Pourquoi ne pas mettre un nom sur ce qui s'est passé ? Était-ce traumatisant à ce point ?

— Non…

— Pourquoi ne pas donc nommer ce qui est arrivé pour que cela n'apparaisse pas dans votre esprit comme une action ou un fait irrésolu qui risque de vous perturber ?

— Les tests PSI font remonter quelques souvenirs qui me maintiennent éveiller une bonne partie de la nuit.

— Lesquels ? Quels souvenirs ?

— Mon père…, ce bébé que j'ai dû abandonner…, enfin vous savez…, vous étiez là. C'est vous qui meniez les interrogatoires à chaque fois.

— Vous semblez me reprocher ce qui vous arrive alors que cela ne peut être que bénéfique pour vous.

— Absolument pas…, je veux dire que je ne vous reproche rien du tout.

— Vous ne savez pas mentir, Adaline. Vous paraissez subir ces tests alors que vous devriez en être l'actrice. Voulez-vous qu'on en parle ?

Un espion dans les rangs

En entendant la question, son visage parut s'éclairer. Elle sauta à pieds joints sur cette planche de salut :

— Non, Docteur. Ce n'est pas nécessaire.

— Je respecterai votre décision pour aujourd'hui seulement, car il y a d'autres choses à voir. Mais je ne vous lâcherai pas. Il va falloir que tout sorte sinon je ne vous laisserai pas partir sur Vénus.

Elle eut un petit rictus comme pour lui dire : « fais ce que tu veux, je saurai te berner et te montrer que tout va bien ». Il lui rendit son faux sourire en rajoutant :

— Et il sera inutile de faire semblant. Je détecte le mensonge et la feinte à des kilomètres.

Elle était surprise par sa perspicacité. Ce médecin semblait connaître la psychologie humaine mieux que personne et pire : il semblait lire en elle comme dans un livre ouvert. De plus, soit il tenait vraiment à l'aider, soit il prenait son travail très à cœur.

Il avait cet air toujours sérieux, tantôt compatissant et aimable, tantôt cassant et sévère. Ces consultations étaient des épreuves terribles pour Adaline qui se sentait constamment admonester.

Il la sortit de ces rêveries :

— Vous mesurez bien 1 mètre 75 pour 70 kg ?

— Oui, c'est exact.

— Nous avons analysé hier votre génome…

— Y a-t-il un problème ?

— Rien que nous ne puissions surmonter ou réparer. Ne vous inquiétez pas.

— Bien… Je vous écoute alors…

— Vous saviez que vous avez des prédispositions pour des cancers du sein et ovarien ?

— Non mais il est vrai qu'il y a des antécédents dans ma famille.

— N'avez-vous pas déjà effectué ce genre de test ? Ne serait-ce que pour des demandes d'assurance ?

— Non, Docteur…

Un espion dans les rangs

— Mais en sachant qu'il y avait des antécédents de cancer dans votre famille, pourquoi donc ?

Elle prit une longue bouffée d'air comme si elle allait être entraînée par le fond une nouvelle fois :

— Pour de nombreuses raisons…

— Oui, je m'en doute. Je veux savoir lesquels Adaline. Pourquoi ai-je l'impression que vous êtes plein de secrets enfouis que vous ne désirez pas revoir à la surface ? Qu'est-ce que vous essayez de cacher…

— Il n'est jamais facile de se savoir condamnée, dit-elle précipitamment. Je suppose que faire l'autruche enlève un certain poids à l'esprit.

Il la fixait intensément de manière perplexe :

— Vous savez quoi ? Je ne suis pas convaincu par votre réponse qui est banale et évasive. On en reparlera. Vous vous rappelez ? Il faut que ça sorte. Et ça sortira, croyez-moi. Que vous le vouliez ou non…

Elle soupira en cachant avec difficulté son agacement. Il ne s'en soucia guère et poursuivit la présentation de ses résultats médicaux :

— Au cours de l'imagerie par résonance magnétique et acoustique, nous avons remarqué de petites grosseurs sûrement bénignes dans votre sein gauche.

— Pardon ! ? s'exclama-t-elle comme si le ciel lui tombait sur la tête. Suis-je condamné… ?

— Non. Vous ne serez pas recalée pour ça. Très peu de pathologies, à part psychiatriques et psychologiques, nécessitent l'annulation du voyage, voyez-vous. Pour ces petites tumeurs, nous vous injecterons des virus oncolytiques semi-réplicatifs.

— Est-ce que c'est l'injection de 17 heures ?

— Non, c'est l'injection de maintenant.

— Et je serai totalement guéri. Il n'y aura pas de risques de récidive sur Vénus ?

Un espion dans les rangs

— Des risques de récidive, sûrement. Mais elles seront neutralisées par votre organisme transformé par l'Ichor.

— Mais comment ? J'ignorais que l'on pouvait guérir du cancer ?

— C'est normal et cette situation me navre mais le traitement par virus oncolytique semi-réplicatif est strictement réservé aux candidats au voyage. Nous avons une synthèse limitée du médicament. Il faut bien faire des choix. Et ce sont les candidats du Nouvel Horizon qui en bénéficient. Si vous partez, vous serez bien plus exposée aux radiations ionisantes que nous le sommes. Ce choix en apparence cornélien de choisir entre la population civile et le programme a été plus naturel qu'on ne le croit. C'est pour cela que vous avez un devoir envers ces gens qui vont rester si vous partez. Vous avez le devoir de réussir et pour ça, vous devez vous confier sur ce qui vous dérange. Cela devra devenir une seconde nature, il ne sera plus possible d'enterrer vos états d'âme... Vous confiez permettra à votre esprit de ne pas sombrer mais surtout de vous sauver la vie dans l'espace et sur Vénus.

— Comment ça marche ? le coupa-t-elle. (Elle n'en pouvait plus de le voir essayer de forcer son coffre-fort psychologique).

— Il a été élaboré, il y a quelques années, un virus hybride génétiquement modifié à partir de différentes souches de virus qui s'attaquaient préférentiellement aux cellules cancéreuses humaines. Nous l'avons rendu semi-réplicatif afin que chaque particule virale injectée ne produise qu'une seule génération de virion qui provoque la lyse des cellules malades.

— Ça évite que le virus ne se répande dans l'organisme puis dans la nature…

— Absolument, vous avez compris. Vous aurez une seconde injection dans la matinée : de la vitamine D. Vous avez une carence alarmante ; votre carnation foncée…, ce soleil fatigué… Ne vous inquiétez pas, vous n'êtes pas la seule dans cette situation.

Soudain la porte du bureau s'ouvrit. Entra l'un des nombreux robots infirmiers

Un espion dans les rangs

du complexe. Il s'approcha de Adaline, lui prit avec une grande délicatesse le bras et retroussa sa manche.

« Je vais vous faire une injection de virus OSR[7] et de LDL[8] enrichi en ergocalciférol[9]. »

Elle était mal à l'aise face à cet être mécanique. Celui-ci inspecta sa peau pour trouver la veine la plus adéquate. Il la trouva en une demi-seconde malgré la finesse de ses vaisseaux qui n'affleurait pas. Elle déposa une compresse imbibée de désinfectant et prenant une voix bien plus douce encore :

« Respirez, détendez-vous, vous êtes adulte, ça ne fera pas mal. »

Piquée au vif, elle tenta de se justifier auprès du médecin qui observait la scène avec grand intérêt :

---

[7] Virus oncolytique (qui détruit les tumeurs cancéreuses) semi-réplicatif
[8] Lipoprotéine de basse densité qui transporte le cholestérol dans le sang du foie aux restes de l'organisme
[9] Vitamine D d'origine végétale

— Personne n'aime les piqûres… Encore moins quand c'est…automatisé… Si les robots se mettent aussi à être désagréables…

— Ne vous en faites pas, les robots infirmiers ne se vexent pas. Ils n'ont pas de conscience même s'ils en ont l'air.

La gynoïde sortit une petite aiguille qu'elle planta sans crier gare dans la peau de la jeune femme qui poussa un petit cri d'étonnement :

— Excusez-moi…, ça m'étonne toujours cette manière de faire. Elle devrait prévenir, non ?

« Avez-vous eu mal ? »

— Non ! Mais demandez si vous pouvez piquer ou prévenez au moins !

« C'est entendu. Je transmets votre requête à tous les autres robots infirmiers. Elle sera examinée dans les plus brefs délais par le programmateur qui la validera si cela apporte plus d'efficacité au travail. Au revoir. »

Et elle partit comme elle était venue.

Un espion dans les rangs

— Si vous vous sentez mal, bizarre, étrange, avez des réactions anormales ou si vous avez tout simplement besoin de parler, venez me voir. Ce n'est pas une demande, c'est un ordre.

— C'est compris, Docteur.

Et elle partit à son tour, soulagée d'avoir échappé à une liste de questions personnelles visant à percer son intimité.

8H du matin
Mess des officiers

Adaline petit-déjeunait avec ses deux amis habituels, Liliane et Wenceslas, qui avaient réussi, eux aussi, le test de la veille. Au bout de quelques minutes, ils furent rejoints par le sulfureux fils du président de l'Agence : Éliot. Il roulait des mécaniques pour se faire remarquer et s'assit à leur table comme s'il leur faisait une faveur. Adaline fit mine de l'ignorer et continua sa discussion :

— Savez-vous s'il est possible de changer de médecin référent ?

— Oui, c'est possible mais il vaut mieux que la raison soit vraiment valable pour ne pas que cela desserve ta candidature, répondit gentiment le nouvel arrivant.

Liliane plutôt étonnée par ce comportement à l'opposé de ce à quoi il les avait habitués fit mine de l'ignorer elle aussi :

— Pourquoi veux-tu changer de médecin référent ? Il est plutôt bien fait de sa

Un espion dans les rangs

personne… Ne me dis pas qu'il t'a fait des avances, ou pire encore…

Eliot insista pour entrer en interaction :

— Ça par exemple, ce serait un excellent motif. Tu en serais débarrassé à coup sûr.

Elle se tourna enfin vers lui :

— Non, non, il n'a rien fait de tout cela. Je me sens juste mal à l'aise avec lui. J'ai l'impression d'être harcelée moralement. Il veut tout savoir, mes états d'âme, ce que j'ai vécu par le passé. Je ne sais pas si je vais supporter ça encore longtemps.

— Je vais te donner un précieux conseil. Tu peux le prendre ou le laisser : si tu n'as rien d'autre à reprocher à ton médecin référent que son travail, laisse tomber ou tu seras recalée. Nous subissons tous la même chose. C'est le test PSI qui est comme ça : brutal et désagréable. Plus tu lutteras contre ça, plus ça fera mal et ils auront l'impression que tu caches quelque chose. Tu m'as l'air plutôt intelligente, tu sais ce qu'il te reste à faire…

— Le « fils de » n'a pas tort. Au fait, comment ça se passe avec ton père ? Il est venu te voir ?

— Wen ! s'insurgea Liliane. Mais qu'est-ce que je t'ai dit ?!

— Non, non, laisse. Il n'y a aucun problème. Je n'ai aucun secret à cacher, moi.

— Tu vois…

Pendant qu'il racontait la rencontre avec son géniteur, Adaline semblait focalisée sur autre chose et n'avait absolument rien écouté du monologue égocentré de son voisin :

— Tu m'écoutes ? finit-il par demander, agacé.

— Qui est l'homme assis de l'autre côté là-bas… aux cheveux argentés… ?

— Qui cela… ?

— Non, non, ne vous retournez pas !

Mais trop tard. Liliane et Wenceslas avaient pivoté leur buste pour regarder avec avidité cet inconnu qui accaparait l'attention de leur amie.

— Merci pour la discrétion, se plaignit-elle. Vous savez au moins qui c'est ?

Un espion dans les rangs

— C'est Fritsch…, répondit Liliane.

— Fritsch ? Tu le connais ?

— Non, pas vraiment. Mais il travaille dans l'ingénierie robotique. Plus jeune, il a fait partie des pionniers qui ont créé les extracteurs atomiques de minéraux.

— Je vois… Autant dire qu'il serait un très bon atout pour le programme.

— Pourquoi tu t'intéresses à lui ? demanda d'un air faussement détaché Pierce.

— Je ne m'intéresse pas à lui… (Les regards que venaient de se jeter les deux amoureux semblaient dire le contraire. Ils n'étaient pas plus convaincus). Non, je ne m'intéresse pas à lui, insista-t-elle. Seulement, j'ai l'impression de l'avoir déjà vu quelque part.

— C'est mon tour de te donner un précieux conseil : il est plus que probable que nous réussissions tous ces tests. Sur Vénus, tu seras seule. Je veux dire sans compagnon. Tu devrais t'intéresser à lui si ce n'est pas déjà le cas et je serai ravie de t'aider à arranger le coup.

Pierce en entendant cela prit son plateau et partit sans rien dire.

— Heu…, non, non… Liliane, ça ira… Mais il est vraiment bizarre cet américain. Pourquoi est-il parti comme ça ?

Son amie jeta un regard complice à son compagnon :

— On se demande vraiment pourquoi…

Mais Wenceslas lança une tout autre discussion en interrogeant les deux femmes sur un ton mystérieux :

— Vous savez ce qui se raconte sur le fils Pierce ?

— Qu'il est vraiment bizarre ? ironisa Liliane.

— Oui, mais non.

— Wen, tout le monde sait qu'il ne porte pas vraiment son père dans son cœur, ajouta-t-elle plus sérieusement.

— Oui, ça. Mais il y a pire.

Il laissa le silence s'installer pour laisser planer le mystère. Il attendait surtout qu'on lui pose les bonnes questions :

Un espion dans les rangs

— Wen, qu'est-ce que tu attends ? Si tu as quelque chose d'intéressant à nous dire, dis-le !

— Eh bien, ce n'est un secret pour personne qu'il déteste son père, n'est-ce pas ?

— Je viens de le dire…

— Cette haine irait bien plus loin puisqu'il serait soupçonné d'être une sentinelle des Transextropiens.

— Les Transextropiens ? répéta Adaline.

— Oui, les Transextropiens. Ils sont prêts à voler la technologie de l'Ichor, la modifier et la vendre aux plus riches. Cela rendrait totalement nul le programme Nouvel Horizon et mettrait à mal la position du directeur Pierce et de l'Agence au sein de l'Alliance Terrienne.

— Une belle vengeance contre son père, sans nul doute… Mais qu'attendent-ils pour l'expulser ? demanda Adaline.

— Ils ne peuvent pas le faire sans preuve. Et peut-être qu'ils ne le veulent pas. Le test PSI servirait dans son cas à extraire le maximum d'information sur ces scientificoanarchistes et à les mettre hors d'état de nuire définitivement.

— Ça m'inquiète tout ça. Je savais qu'ils construisaient des stations orbitales pour les plus aisées mais j'ignorais qu'ils tentaient de court-circuiter le projet de l'A.S.A.T. qui vise à sauver l'humanité tout entière, ou du moins ce qu'il en reste.

— Ma chère, pour beaucoup, l'argent et le pouvoir restent un moteur puissant pour mener son existence.

— Mais peut-être qu'au contraire, ils veulent distribuer la technologie à tout le monde, au lieu d'attendre cet exode dont la date n'est même pas fixée. Nous n'avons toujours eu qu'un seul son de cloche. Comment être sûr que le gouvernement nous dit la vérité à leur sujet ? Que ce n'est pas de la propagande ? Ce ne serait pas la première fois qu'on ment à la population.

— Méfie-toi mon amour, s'exclama discrètement Wenceslas. Ne répète jamais cela devant un seul d'entre eux, sinon tu seras aussi suspectée.

Un espion dans les rangs

— Ne t'inquiète pas pour moi, Wen. Je n'ai rien à cacher, donc aucun risque…

Cette fin de conversation laissa songeuse l'éco-planétologue.

Les Transextropiens, essentiellement d'origine états-unienne, chinoise, brésilienne et russe, avaient fait sécession de l'Alliance Terrienne il y a une vingtaine d'années. Ils s'étaient constitués en une nation indépendante où la spiritualité et l'éthique scientifique avaient bien peu de place. Ils avaient trouvé la moralité de Ganima bien trop contraignante pour leur émancipation et leurs convictions.

L'IA globale, profondément libertaire et pacifiste et ne trouvant pas de compromis possible, avait laissé faire la chose.

Mené par des oligarques richissimes en quête d'immortalité et d'éternelle jeunesse, le petit État avait racheté des milliers d'hectares au beau milieu de ce qui restait de l'Amazonie et construisait deux stations orbitales monumentales aux points de

Lagrange de la Terre pour accueillir leurs 150 000 ressortissants.

La sélection des embryons et leur transgenèse préimplantatoire pour améliorer la descendance des riches, le clonage comme source d'organes de remplacement, le transfert et le stockage de conscience et l'intégration de prothèses bioniques faisaient partie des voies de recherches des Transextropiens.

Mais l'Ichor qui rendait les Hommes plus forts, plus résistants, plus rapides, plus intelligents était à un stade technologique hyperavancé qu'il ne pourrait pas atteindre avant un siècle au moins. Sachant que l'Alliance Terrienne ne le leur vendrait jamais, il leur fallait l'obtenir par d'autres moyens.

Et, c'est dans cette optique que les soupçons d'espionnage sur le fils du directeur de l'A.S.A.T. croissaient.

Un espion dans les rangs

10H du matin
La palestre

La palestre était une immense cour carrée de huit cents mètres de côté. Recouverte de dalles blanches et noires, elle avait l'apparence d'un échiquier géant. Elle était bordée par des colonnades de trente-trois mètres, soutenant des arcades sur lesquelles reposait une immense coupole de verre. Les deux cents candidats restants étaient postés aux abords à intervalle régulier, cinquante de chaque côté.

Au garde à vous comme des statues de plomb, chacun d'eux portait une arme à projectile véloce potentiellement létale. Ils étaient vêtus d'une combinaison grise en spidérine et brillante proche du corps. Conçue pour résister à des pressions aussi élevées que l'impact répété et successif de balles de mitraillette, cette matière exceptionnelle était élaborée à partir de fils de soie d'araignée recouverts de nanotubes de carbone. L'épaisseur du tissu était parcourue de circuits, d'émetteurs et de capteurs sensoriels qui analysaient en temps réel toutes les variables biorythmiques de l'organisme : pouls, fréquence respiratoire, taux de dioxygène et de dioxyde de carbone sanguin, glycémie, natrémie[10] et kaliémie[11], taux de perspiration et de transpiration. À ce moment précis, tous les chiffres indiquaient un état de concentration avancée des candidats. Leurs muscles bandés étaient inondés de cortisol et d'adrénaline. Ils étaient prêts à fléchir et à se contracter au moindre signal. Une petite partie de cette énergie biologique qui se dégageait de ces corps en alerte était capturée par ce méta-vêtement pour son fonctionnement propre.

Tous fixaient une petite statuette qui trônait au loin sur une estrade au milieu de la palestre. On l'appelait la chandelle et ce sport : « le jeu en vaut la chandelle ». Comprendra qui pourra l'humour de l'inventeur.

---

[10] Taux d'ion sodium Na^+ dans le sang
[11] Taux d'ion potassium K^+ dans le sang

Un espion dans les rangs

Soudain, une voix retentit :

— À vos marques… !

Tous s'accroupirent en position de sprinteur.

— Prêt… ? !

Ils relevèrent tous la tête en pointant du regard avec détermination ladite statuette. Ils déployèrent un petit bouclier accroché au bras opposé à leur arme.

— Partez !

En poussant de toute leur force sur leur jambe directrice, ils s'élancèrent comme de beaux diables hors de leur boîte sur les dalles blanches et noires, fonçant à vive allure vers la statuette.

Des coups de canon sonnaient un compte à rebours :

BOUM ! (10)
BOOM ! (9)
…

Les participants, en courant le plus vite possible vers la cible, se tiraient dessus afin d'éliminer leurs concurrents. Les malchanceux étaient projetés par la violence du projectile véloce qui coupait momentanément leur souffle.

BOUM ! (4)

Les moins rapides abattaient ceux qui avaient pris de l'avance et qui se trouvaient devant eux.

BOUM ! (3)

Les plus doués et les plus rapides avaient pris soin de nettoyer leurs talons et leurs flancs pour éviter justement de se faire tirer dans le dos ou sur les côtés.

BOUM ! (2)
BOUM ! (1)
BOUM ! (0)

Presque tous s'immobilisèrent net. Ceux qui n'avaient pas pu, emporter par leur élan, furent électrocutés par la dalle sur laquelle ils se trouvaient. Ils s'écroulaient sur le sol,

Un espion dans les rangs

inconscients. Les dalles assassines s'ouvrirent et avalèrent les infortunés qui n'avaient pas su mesurer l'ardeur de leur vitesse.

Un carré de quatre-vingts mètres de côté autour de la statuette s'éleva de six mètres cinquante. Tous ceux qui se trouvaient à l'extérieur étaient éliminés du jeu.

Les cent cinquante-trois candidats restants étaient plus ou moins loin de la statuette. En fonction de leur distance, il fut attribué aux trente-deux plus proches une équipe, les autres furent avalés par les dalles, ni plus ni moins. La combinaison de spidérine qui était grise et brillante devient soit blanche, soit noire, selon l'équipe d'attribution. Et chacun reçu une fonction, toujours selon la distance par rapport à la statuette qui allait déterminer leur possibilité de déplacement sur les dalles : deux Dames, deux Rois, quatre Fous, quatre Tours, quatre Cavaliers et seize Pions.

Le blason de leur fonction venait d'apparaître sur leur poitrine et en grand sur leur dos. Tous laissèrent tomber leurs armes et leurs boucliers inactivés, rendus inutiles pour la suite du jeu.

La seconde partie du « jeu en vaut la chandelle » était une version musclée et physique des échecs. Il était suffisamment complet pour constituer à lui seul un test KHI.

Adaline en Pion, Liliane en Tour et Wenceslas en Roi étaient de la partie. Ils allaient être opposés à Eliot Sam qui était une Dame et Laurent Dimitri en Roi. Leur présence à ce stade de la compétition laissait supposer de leur qualités physiques et tactiques. Les Rois reçurent une balle, pas plus grande qu'une balle de tennis, légèrement plus lourde, recelant en son sein un accéléromètre, un GPS, et une batterie pouvant délivrer des chocs électriques suffisamment puissants pour assommer un cheval.

Chaque équipe était donc munie d'une balle qu'il devait se passer selon un schéma précis correspondant à leur fonction d'échec. Par exemple, si un roi possédait la balle, il ne pouvait se déplacer que d'une

Un espion dans les rangs

seule case mais dans toutes les directions possibles avant de lancer la balle à son coéquipier, ou un cavalier devait se déplacer d'une case puis de deux, formant un angle, pour faire une passe à un membre de son équipe qui, lui, était libre de ses mouvements tant qu'il ne possédait pas le précieux objets. A ce titre, la partie pouvait ressembler à du handball ou du basketball. Mais la comparaison s'arrête là.

Le but était de maintenir la balle en mouvement pendant vingt et une seconde sans qu'elle touche le sol. Il y avait un risque d'électrocution si elle restait plus de trois secondes immobiles dans les mains d'un joueur. Et il fallait la lancer contre l'un de ces adversaires au bout de ces vingt et une secondes, lui délivrant un choc électrique de haut voltage. Il n'était pas possible de relancer la balle à celui qui venait de la passer sous risque de l'électrocuter (évitant les passes à deux). L'équipe qui remportait était celle qui avait éliminé tous les membres de l'équipe adverse. Il valait mieux éliminer les fonctions « tête » (Rois, Reines, Fous,

Tours et Cavaliers) de l'autre équipe en premier car redoutables (plus de possibilités de déplacement) pour s'assurer la victoire.

Le sifflet retentit.

Wenceslas, Roi, recula d'un pas et jeta la balle à Liliane, Tour, qui était à trois mètres de lui. Elle se déplaça en diagonale vers le camp de l'équipe adverse pour se dégager et trouver plus d'opportunité. Elle fit une passe à Adaline qui était pion, qui fit un pas de tête, avant de se débarrasser du colis auprès de l'un de ses coéquipiers. Au bout de la vingtième seconde, Eliot, Dame de l'autre équipe, pouvant se déplacer dans toutes les directions, projeta de toutes ses forces en visant la tête de Wenceslas qui ne put l'éviter, trop occupé à observer les mouvements de la balle dans sa propre équipe. Son corps de deux mètres se raidit et fut pris de violentes secousses, son visage afficha un masque grimaçant et douloureux, avant de s'écraser, inanimé, la balle roulant loin de sa victime. Eliot eut un horrible rictus de satisfaction alors que Liliane hurlait, scandalisée du comportement du

Un espion dans les rangs

fils du directeur Pierce. Elle se retourna, inquiète pour son compagnon, qui, déjà, se faisait avaler par les dalles sur lesquels il se trouvait. Adaline lui jeta un regard inquiet et compatissant mais lui ordonna de ne pas bouger de sa place au risque d'être avalé, elle-aussi. Et déjà le jeu reprenait à un rythme effréné. Les candidats des deux équipes tombaient littéralement comme des mouches, jusqu'au dernier…

*
* *

Eliot Sam brandit la statuette victorieusement.

Dans la cabine de monitoring, son père avait assisté à la partie en compagnie des autres hauts fonctionnaires de l'A.S.A.T. qui s'étaient installés dans de confortables fauteuils en sirotant du brandy et en picorant des noix de cajou. Certains avaient lancé des paris plus ou moins risqués sur les joueurs ou une équipe et s'émulaient régulièrement au cours de la partie en sautant ou trépignant comme des enfants.

— Votre fils a fait gagner l'équipe noire, Pierce. Vous devez être fier ! lui lança un homme pas plus âgé que lui.

Un autre passa tout près de lui et lui donna une claque amicale au dos :

— J'ai tout perdu. Cela m'apprendra à parier contre un Pierce.

Et il suivit les autres en bougonnant.

Le directeur était pourtant resté impassible devant cette victoire. Il attendit que tout le monde ait évacué la cabine de monitoring pour s'en aller à son tour. Il emprunta quelques corridors et déboucha sur une petite salle attenante au vestiaire. Il attendit quelques secondes puis une porte s'ouvrit. C'était son fils. Mais au lieu que son visage s'éclaircisse, il s'assombrit de colère :

— Tu es recalé !

— Parce que… ?

— Parce que tu es recalé ! Tu ne devrais pas être ici d'ailleurs. Tu n'as clairement pas les capacités ! Tu as échoué aux tests comme aux restes !

Un espion dans les rangs

— J'ai échoué ? J'ai eu la statuette en un temps record ! Pas les autres !

— Oui ! Au mépris de leur sécurité ! Viser la tête, mais tu aurais pu le tuer ! Gagner au détriment de la vie des autres n'est pas une qualité que nous recherchons pour le Nouvel Horizon.

— Menteur ! Vous pensez que je vais simplement abandonner parce que vous me le dites ? Je sais exactement comment cela se passe et ce n'est pas à vous de décider. Arrêtez de mentir et avouez enfin la vraie raison de votre défiance envers moi ! Vous pensez que j'ignore le bruit que vous faites courir sur mon compte ?

— Pardon ?

— Je ne suis pas un Transextropien ! Je vous hais mais je n'ai pas perdu l'esprit au point de trahir l'humanité.

— Rien ne prouve le contraire.

— Rien ne prouve le contraire ? Vous savez très bien que c'est faux ! Si j'avais dû trahir votre belle institution, je l'aurais fait au profit du Sanctuaire. De quoi avez-vous peur vraiment ?

— Je n'ai peur de rien…

— Oh si, vous avez peur. Vous êtes un lâche et un peureux. Vous avez peur que je sois un rival sérieux, n'est-ce pas ? Vous avez peur de votre propre fils. Au lieu de m'encourager à vous surpasser, vous m'enfonciez et vous le faites toujours, embourbé dans votre orgueil démesuré.

— Mon fils, sur ce point vous me ressemblez…

— Que le seul Pierce dont l'histoire se souvienne soit Abel Lee et non Éliot Sam !

— Bon sang, mon fils ! Mais qu'est-ce qui a provoqué chez toi tant de haine envers moi ? Ce complexe de supériorité, d'infériorité ?

— Vous me le demandez quand vous vous êtes si bien appliqué à nous rabaisser, moi et ma mère, toutes ces années ? À tenter de détruire mon amour-propre comme vous l'avez si bien fait avec ma mère.

— C'était pour ton bien ! Pour que tu te dépasses et sois le meilleur !

— Pour mon bien ? Ou le vôtre ?

Un espion dans les rangs

— Éliot… Je suis fatigué de me battre avec toi. Je te demande pardon si j'ai été un père maladroit et si j'ai paru si distant… Mais…, mais je t'aime… Je ne veux que ton bien. Je ne veux pas que tu partes. C'est trop dangereux et… nous ne nous reverrons plus.

— Vous…, vous m'aimez ? Bien essayé. J'ai failli presque le croire. Vous m'aimez et donc vous lancez des rumeurs graves à mon sujet qui me vaudrait l'enfermement ou pire, le déconditionnement ? Vous n'aimez que vous-même ! D'ailleurs, avez-vous aimé ma mère ?

— Bien sûr ! Quelle question !

— Le lui avez-vous dit une seule fois ?

— Nul besoin de s'épancher en parole, l'action suffisait. Elle savait que je l'aimais, que je la chérissais plus que tout.

— Que vous la chérissiez plus que tout ? Laissez-moi rire ! Votre femme, c'était la gloire et votre amante, le travail ! Ma mère dans tout cela n'était qu'une concubine conquise comme vos assistantes et autres admiratrices qui se sont cassé les dents à vous offrir leur attention et une partie de leur vie !

— Attention ! Tu vas trop loin ! Je ne te permettrai jamais de parler ainsi de ta pauvre mère. Elle a toujours été la seule !

— Ma pauvre mère que vous avez tuée ! C'est moi qui devrais vous interdire de parler d'elle !

Le président de l'A.S.A.T. poussé à bout s'avança et jeta sa main large et noueuse sur le visage de son fils pour le gifler et dans l'espoir perdu de le faire taire. Celui-ci la stoppa net en vol en accrochant férocement son poignet.

— Je ne suis plus ce petit garçon que vous rabaissiez et terrorisiez !

Et il le poussa de toutes ses forces contre le mur. Le vieil homme dégingandé s'écrasa comme une masse dans un craquement inquiétant. Le choc lui coupa momentanément la respiration. Envahi par la fureur, le fils se précipita sur son père le poing levé, lui hurlant dessus comme s'il voulait le déchiqueter par les mots :

Un espion dans les rangs

— Non ! Vous ne m'aimez pas ! Vous n'aimez que vous et votre ego si large qu'il ne pourrait pas tenir dans cet univers ! Je vous hais, vieil homme ! Je vous hais ! Je voudrais vous tuer… là… maintenant ! Je vous l'ai dit, je vous détruirai !

L'homme à terre, endolorie par le choc violent contre le mur, ne disait rien. Il reprenait péniblement son souffle et il se protégeait le visage au cas où les coups de poing et de pied pleuvraient sur son vieux corps. Et tout d'un coup, il comprit. Il se mit à pleurer à chaudes larmes comme un bébé et offrit son visage déformé par la tristesse :

— Vas-y mon fils…, frappe-moi… Je le mérite.

Surpris par la situation qui venait de virer à cent quatre-vingts degrés, le fils s'arrêta un moment, essoufflé d'avoir extériorisé toute cette rage qui couvait :

— Pardon ? Qu'est-ce que c'est que cette ruse encore ? Si je lève la main sur vous alors que vous êtes sans défense et sans légitimité, je serai immédiatement radié du programme.

— Aucune ruse, mon fils. Frappe-moi, je le mérite. Je te demande pardon… Je demande pardon à ta mère, paix à son âme… Je l'ai complètement abandonnée à son sort quand elle est tombée malade mais je l'aimais, je te jure. J'avais juste peur, je suis un lâche… Tu as raison. Tu ne me crois pas mais je t'aime aussi. Ma manière est maladroite mais je t'aime. Je suis conscient que je n'ai pas été…

Au lieu d'écouter la tirade de son père, il préféra s'éloigner. Sa réaction l'avait décontenancé. C'est comme si voir son père pleurer avait totalement transformé l'image du monstre qu'il avait de lui. Il n'arrivait plus à alimenter sa haine. Au lieu d'explorer ce sentiment nouveau, de se laisser aller à considérer cet homme qui avait été, un jour, son héros, il préféra partir.

Il revoyait en boucle dans son esprit la violence de la dispute et les larmes de son géniteur qu'il avait provoqué :

Un espion dans les rangs

« Il a pleuré, il a demandé pardon. Lui qui ne pleure jamais et ne demande jamais pardon. Est-il possible que mon père m'aime ? »

Il était confus. La peur l'envahit : détester son père était devenu un moteur naturel pour réussir tout ce qu'il entreprenait. Mais s'il envisageait un seul instant de l'aimer…, serait-il aussi performant ? Et dans ce cas, il deviendrait la personne médiocre que son père a toujours décriée… Il fut alors convaincu d'une chose :

« Oh oui, il faut résolument le haïr ».

14H
Heure libre au jardin botanique du C.E.R.E.

Adaline avait décidé après le déjeuner de suivre Laurent Dimitri Fritsch. Cet homme étrange qui semblait avoir une place spéciale dans son esprit sans qu'elle ne puisse savoir laquelle. Où l'avait-elle déjà vu ? Elle le trouva assis, seul, sur un banc sous un poirier en train de lire religieusement sur une liseuse. Ses cheveux argentés chatoyaient sous le Soleil las de l'après-midi. Elle l'aborda sans faire traîner les choses :

— Excuse-moi. Nous nous connaissons, je crois.

L'homme leva ses immenses yeux verts sur elle, ce qui ne manqua pas de la troubler.

— Je ne crois pas. Je ne pense pas vous avoir rencontrée autre part qu'ici…Vous êtes ?

— Adaline Zirignon…

— Répétez ?

— Adaline… Zirignon…

Un espion dans les rangs

Lorsqu'elle eut dit son nom une seconde fois, sa pupille sembla se rétracter puis se dilater en une large bille noire. Il laissa choir sa précieuse liseuse au sol. Il se leva comme un automate, la tint fermement par les épaules, et en s'avançant très près de son visage, il lui chuchota :

— Adaline, tu es exceptionnelle. Adaline, tu es exceptionnelle. Adaline, tu es exceptionnelle.

Puis, redevenant lui-même, il s'écarta en demandant :

— Excusez-moi ? De quoi parlions-nous ?

Elle était restée pétrifiée. La triple succession de cette simple phrase et avec le timbre de voix de cet homme avait provoqué comme des jets électriques dans son cerveau. Une partie de sa conscience en avait émergé comme après un long voyage en sous-marin. Puis revenant à elle, elle prétexta :

— Heu non, non, rien. Je voulais juste vous dire que vous aviez laissé tomber votre liseuse par terre…

Et elle fila à toute allure.

Elle était tremblante. Elle avait toujours eu du mal à contrôler la pression et le stress. Et la voilà qui était sur le point d'exécuter une tâche qui allait remettre toute sa vie exemplaire aux yeux des autres en question.

Dans sa chambre, elle sortit sa valise, déchira une couture intérieure et en sortit une toute petite boîte qu'elle glissa dans sa poche.

Après avoir examiné le plan du C.E.R.E., elle le mémorisa et fila de nouveau pour rejoindre le bureau médical du docteur Kervallen. Elle savait qu'à cette heure-ci, il ne serait pas là. Grâce à la petite boîte, elle réussit en quelques secondes à pirater la porte qui s'ouvrit. Elle se mit à son bureau pour commencer le piratage de l'ordinateur. Elle y installa une bactérie informatique. Quand ce fut fait, elle referma tout soigneusement pour que rien ne paraisse avoir été fouillé et elle sortit soulagée.

Un espion dans les rangs

Dehors, elle mit la petite boîte au sol et elle l'écrasa du talon puis jeta les débris dans la première poubelle venue. Finalement, elle se rendit comme si de rien n'était avec les autres dans le grand hall pour le discours du directeur.

15H
Grand hall

Les deux cents candidats au voyage étaient rassemblés au grand complet. Le directeur était juché sur la passerelle mais paraissait moins guilleret qu'à l'accoutumée. Il subissait des courbatures, conséquence de la violente dispute avec son fils.

Il allait commencer son discours quand son assistante, la vieille dame stricte, lui fit signe de l'autre côté du balcon. Elle n'était pas seule mais galamment accompagnée du docteur Kervallen. Elle rejoignit le directeur, lui glissa un mot à l'oreille et repartit. Le directeur attendit quelques secondes. Il semblait chercher quelque chose ou quelqu'un dans la foule. Il se racla la gorge et tonna :

— Mademoiselle Adaline Romance Zirignon ! Vous êtes convoquée par votre médecin référent. Vous emprunterez la porte six, merci.

Liliane qui était tout près d'elle lui demanda, pressée par la curiosité mais également anxieuse pour son ami :

— Qu'est-ce qui se passe ?

— Je ne sais pas, mentit-elle.

Elle espérait n'avoir pas été découverte. Comment se pourrait-il ? Elle avait pris toutes les précautions possibles comme ils le lui avaient enseigné.

— J'espère que ce n'est rien de grave…

— Oui, moi aussi, dit-elle avec un sourire feint.

Le directeur commença rapidement son discours ce qui accapara toute l'attention y compris celle de Liliane qui avait perdu de vue son amie. Personne n'avait alors remarqué que deux hommes armés attendaient Adaline au niveau de la porte 6. Guénolé Pierre, son médecin, ouvrit les battants alors qu'elle en était toute proche :

— C'est bien. Vous avez compris qu'il ne servait à rien de résister.

— Pardon…, je ne comprends pas…

— Arrêtez ! Plus un mot. Vous vous déshonorez, vous et votre père, à mentir.

De la chenille au papillon

Elle se tut et les suivit. Au bout d'un quart d'heure à arpenter les couloirs froids du sous-sol, elle osa lui demander :

— Nous n'allons pas dans votre bureau ? (Aucune réponse). Où allons-nous, Docteur ? (Aucune réaction). Qu'est-ce qui se passe ? J'ai le droit de savoir !

Il s'arrêta et demanda au garde de faire de même :

— Vous n'avez le droit de rien, Mademoiselle Zirignon.

— Mais pourquoi ? Qu'est-ce que j'ai fait ? Ai-je échoué aux tests ?

— Vous connaissez très bien l'art de la simulation et de la dissimulation. Nous connaissons très bien l'art d'extirper les informations.

— Pardon ?

— Cessez de jouer à la sotte et de nous prendre pour des abrutis. Rentrez là. Nous allons découvrir ce que vous essayez désespérément de nous cacher.

— Qu'y a-t-il dans cette pièce ?

— Rentrez où j'ordonne sur-le-champ votre exécution.

Les deux soldats mirent sous-tension leur arme.

— Je vous en prie, Guénolé, quoique vous croyiez savoir, c'est faux. Je peux tout expliquer.

— J'y compte bien. Mais m'appeler par mon prénom ne vous fera pas sortir d'affaire. Rentrez. Je ne le demanderai pas une troisième fois, soyez en sûr. Vous me connaissez.

Elle entra donc dans la pièce sans faire plus d'histoire. C'était une petite pièce rectangulaire d'un mètre carré seulement mais avec un plafond d'au moins dix mètres. Elle était vide et les murs nus. Seules quelques petites LED émettaient une faible lumière rougeâtre.

— Docteur ! Qu'est-ce qui se passe ? Je vous en prie !

Elle entendit en guise de réponse le bruit singulier du scanner à imagerie par résonance magnétique et acoustique et la voix persiflant du docteur :

— Vous verrez…

De la chenille au papillon

— Est-ce un autre test PSI ? demanda-t-elle avec espoir. C'est ça, vous êtes encore en train de me tester ?

— Adaline Zirignon, que faisiez-vous dans mon bureau à 14 h 36 ? répondit finalement le médecin.

— Pardon ?

Elle continuait de jouer l'ignorante pourtant la question qui venait de lui être posée était sans équivoque. Ils avaient su d'une manière ou d'une autre ce qu'elle avait fait.

— Vous avez posé un mouchard sur mon ordinateur. À quoi sert-il ?

— Vous vous trompez. Ce n'était pas moi. J'étais dans le jardin botanique à cette heure-ci. Demandez-le aux autres, ils en sont témoins.

Elle avait beaucoup de qualité mais la comédie n'en faisait apparemment pas parti.

— Nous savons que vous avez utilisé une boîte d'interférence prohibée. Qui vous l'a procurée ?

— Je ne sais pas de quoi vous parlez, Docteur !

— Mademoiselle Zirignon, vous ignorez à quel point l'avance technologique de l'Alliance Terrienne est importante par rapport à celle des Transextropiens. Grâce à Ganima, nous avançons à grand pas dans tous les domaines. Ce n'est pas leur cas.

— Alors, c'est cela dont il est question ? Des Transextropiens ?

— Je vous l'ai dit Adaline, il va falloir que ça sorte que vous le vouliez ou non. Vous résistez et persistez à nous mentir. Pis que tout, vous tentez d'apporter une pierre à l'édifice de notre défaite. Nous avons les moyens de percer votre carapace et d'accéder à votre esprit. Nous saurons alors bien des choses que vous ignorez vous-même sur vous.

— Mais j'ai des droits ! Ce que vous voulez faire est interdit ! Vous connaissez la convention de Genève ? Vous n'avez pas le droit de me torturer, ni de me retenir contre mon gré ! Je ne désire plus participer au Nouvel Horizon. Laissez-moi m'en aller !

— Vous avez perdu vos droits en mettant en danger l'humanité entière.

De la chenille au papillon

Répondez maintenant aux questions ou je n'hésiterai pas une seule seconde… Genève n'existe plus.

— Vous faites une grave erreur ! Vous êtes médecin, votre rôle n'est-il pas de ne pas nuire ?

— Mais Adaline, au contraire, je vais vous aider à aller mieux, répondit-il d'un ton sarcastique.

Le bourdonnement parut s'intensifier. Les lumières devinrent kaléidoscopiques, variaient d'intensité et de couleurs. Les lumières hypnagogiques avaient un effet radical sur le cerveau humain. Elle se sentit bizarre comme si elle se détachait de son enveloppe charnelle.

— Qu'est-ce que c'est docteur ? Je ne me sens pas bien, arrêtez !

— Qui vous envoie Adaline ?

— Personne ! Je vous en prie !

— Vous l'aurez voulu…

Il augmenta la fréquence à son maximum. Elle vacilla, sa tête devint lourde comme s'il devenait impératif qu'elle la dépose. Elle eut l'impression que le sol se dérobait sous ses pieds. Puis elle entendit un gros *blop* comme si l'on venait de démouler un flan géant. Elle se rendit compte alors qu'elle flottait dans les airs. Elle pouvait voir devant elle, mais aussi derrière, sur les côtés, au-dessus et dessous. Elle vit au sol une masse informe et insignifiante. Elle comprit vite ce que c'était : son propre corps qui gisait apparemment sans vie.

— Mon Dieu ! Suis-je morte ou est-ce un effet secondaire du champ magnétique intense généré par leur satanée machine ? Docteur ! Docteur ! Au secours… ! Vous m'entendez !!!

— Je vous entends Adaline, mais pour combien de temps ?

— Vous m'avez tuée ! ?

— Vous êtes encore en vie. Vos constantes sont stables.

— Que m'avez-vous fait ? !

— J'ai dissocié votre esprit de votre corps. Libéré des contraintes de votre chair, votre esprit interprète la situation comme vous-même en train de flotter au-dessus de votre corps sans vie.

De la chenille au papillon

— Vous parlez de… mon âme ?

— Si vous le voulez. Mais vous savez ce qu'il y a d'intéressant dans cette situation, Mademoiselle Zirignon ?

— Non ?

— Les spirituels disent que libérés de la corruption de nos corps, nos esprits sont incapables de mentir. Ils se servaient de cet état second pour se purifier de la décadence de notre monde.

— Vous êtes fou ! Vous êtes tous fous.

— Il n'y a aucun danger mais si vous résistez nous pouvons vous perdre.

Elle essaya de s'approcher d'un mur mais elle était repoussée par une force invisible.

— Vous possédez tout cela et vous n'en faites profiter personne !

— Qui vous a mis ces idées en tête, Adaline ?

— Les Transextropiens.

— Nous y voilà, clama-t-il comme un conquérant. Est-ce qu'ils vous ont demandé de mettre un mouchard sur mon ordinateur ?

— Ils m'ont demandé de mettre une bactérie informatique sur un ordinateur lié à l'intelligence artificielle globale pour qu'elle se répande sur le réseau et s'hybride avec vos systèmes.

— Dans quel but ?

— Dans le but de vous ravir vos technologies en particulier celle de la précieuse Ichor. Et ensuite de reproduire une Ganima plus conciliante avec leurs projets.

— Pourquoi collaborez-vous avec ces traîtres, Adaline ? Avez-vous une si piètre opinion de l'humanité, de vous-même, de l'héritage de votre père ?

— Vous parlez de ce que vous ne connaissez même pas !

— Expliquez-moi alors.

— Je fais tout cela pour ce petit être que j'ai abandonné. Les Transextropiens sont peut-être des iconoclastes selon vos critères mais leur plan est concret. L'une des deux stations orbitales est presque terminée et déjà fonctionnelle. Mais vous, l'Alliance, vous ne faites que nous balancer des

De la chenille au papillon

promesses et envoyer des personnes compétentes au compte-gouttes sur cette planète infernale dont on ne sait rien. Quelle garantie ai-je que mon enfant sera en vie dans dix ans, vingt ans, cinquante ans ? Aucune avec vous, avec l'Alliance et leurs secrets ! En revanche, avec les Transextropiens : ils ont les moyens financiers, la volonté et ils me l'ont juré si je les aidais. Ils ne m'ont pas jugée sur mes actes passés mais sur ma seule foi dans le monde meilleur qu'ils bâtissent.

— Et pour votre enfant, vous abandonnerez l'humanité à son sort ?

— Il ne vous demande qu'une seule chose ? En quoi le leur donner mettra à mal vos projets. Ce ne sont que des problèmes politiques. Vous finirez par transmettre l'Ichor à tout le monde pour l'exode alors faites-le maintenant ! À moins qu'il n'y ait un problème avec le produit que vous ne nous dites pas.

— Il n'y a aucun problème avec le produit. Nous n'avons pas la quantité suffisante pour le moment pour en donner à un milliard d'individus. Vous pouvez le comprendre.

— Les Transextropiens sont richissimes et possèdent les infrastructures nécessaires ! Collaborez avec eux !

— Vous savez ce qu'ils en feront : ils le détourneront. Ils créeront des castes, des abominations tels que des hommes-poissons, des hommes-caméléons pour les combats ou que sais-je comme idées farfelues. Ils sont eugénistes et opportunistes, leur but n'est pas de sauver l'humanité mais de s'en extraire pour la dominer. Ils veulent se rapprocher le plus possible de la condition de divinités. Est-ce cela que vous voulez pour votre enfant ?

— Je veux qu'il ou elle vive ! Oui, je suis une mauvaise mère et je l'assume mais je ne laisserai pas ma chair et mon sang mourir. Quand j'ai entraperçu ce petit être, trois ans après l'avoir abandonné, je voulais le récupérer selon la loi. Mais j'ai renoncé. Cette femme m'en a dissuadé. Elle m'a démontré qu'elle s'en occuperait mieux et que l'enfant serait bien plus heureux.

De la chenille au papillon

— Cette femme, savait-elle qui vous étiez, Adaline ?

— Oui, je le crois.

— Comment pouvait-elle le savoir alors que vous en aviez parlé à personne ?

— Je ne sais pas.

— Vous êtes intelligente, faites un effort. Vous le savez très bien. C'est leur mode opératoire. Pensez-vous réellement que des gens qui séparent sciemment une mère et son enfant pour une idéologie tordue sont des personnes dignes de confiance ?

— Ils m'ont espionnée…

— Et ils ont découvert votre secret parce qu'ils en ont les moyens et s'en sont servi pour nous atteindre. Ils se fichent bien de votre enfant. Ils se fichent bien de vous. Ils se fichent bien de l'humanité. Nous ne les attaquons pas parce que nous croyons sincèrement que les humains se sont suffisamment entre-tués au cours des derniers siècles. Mais imaginez-les s'ils s'appropriaient nos technologies : que pensez-vous qu'ils feraient ? Répondez sincèrement.

— Ils se lanceraient à votre conquête… sans aucun doute.

— Merci Adaline pour votre franchise… Avez-vous un complice en nos murs ?

— Oui.

— Qui est-ce ?

— Laurent Dimitri Fritsch mais il n'en est pas conscient. Les Transextropiens savaient qu'il serait lauréat dans la sélection : intelligent, athlétique, ambitieux. Il a donc été enlevé, hypnotisé pour me dire dans l'enceinte du C.E.R.E. une triple phrase de déverrouillage qui me permettrait de recouvrir le souvenir de la mission qu'ils m'avaient confié. Cela m'a permis de passer le test PSI sans encombre. Docteur… Réincorporez-moi, je collaborerai et j'assumerai toutes les sanctions.

— Adaline… Pour la première fois depuis le début de cette aventure, je vous crois. Une dernière question.

— Je vous écoute.

— Si on vous en donnait la possibilité, souhaiteriez-vous continuer l'aventure pour participer au Nouvel Horizon ?

De la chenille au papillon

— Oui, Docteur. Je le souhaite de tout mon cœur.

4. De la chenille au papillon

18 h 15
Dans la chambre de Adaline

Le teint exsangue, elle était allongée sur le dos en position de momie. Elle ouvrit enfin lentement les paupières et son regard tomba net sur deux visages : celui du docteur Guénolé Pierre Kervallen et du directeur Abel Lee Pierce.

— Ça y est. La Belle au Bois dormant se réveille, s'égaya le directeur. Vous nous avez fait de fort belles cachotteries, Mademoiselle. Mais vous êtes pardonnée. Grâce à vous, nous sommes plus forts et certains des intentions de nos ennemies. Nous serons plus à même de contrer leurs misérables tentatives de nous spolier.

— Oui, mais… ?

— Votre enfant ? Adaline, ne vous inquiétez pas. C'est tout l'appareil de l'A.S.A.T. qui se charge de ce problème.

— Merci beaucoup…

Elle voulut se redresser mais s'en sentit incapable.

— Ne nous remerciez pas, mais soyez au top de vous-même pour réussir.

— Je ne me sens pas très bien. Je me sens même très mal.

— C'est tout à fait normal.

— Ah bon ? C'est la dissociation esprit-corps qui fait cela ?

— Non, Adaline. Comme nous tous, vous êtes une chenille frêle. Mais contrairement à nous, vous deviendrez bientôt un majestueux papillon.

— Je ne comprends pas…

— Ce que le directeur Pierce essaye de vous expliquer, c'est que vous êtes en train de changer. Vous avez fait le souhait de poursuivre l'aventure, alors avec l'accord des personnes compétentes, nous vous avons fait l'injection selon le protocole du programme du Nouvel Horizon.

De la chenille au papillon

— Pardon ! ? Que m'avez-vous injecté ?

— Ce que les Transextropiens sont prêts à acheter à prix d'or : l'Ichor, rima le vieil homme.

— J'ai la nausée et je me sens fiévreuse. N'est-il pas censé me rendre plus résistante et en meilleure santé ?

— Il le fera avec le temps. Mais pour le moment, le temps que cela se propage de cellules en cellules, votre organisme va réagir comme si c'était un corps étranger, une maladie. E que vous ressentez est ce qu'on appelle un orage cytokinique, comme les symptômes de la grippe.

— J'ai l'impression que je vais mourir, Docteur…

— Ne vous en faites pas. Tous vos petits camarades passent par le même état. Vous allez avoir besoin d'énormément d'énergie ces prochaines quarante-huit heures pour amorcer la transformation. Nous vous ferons boire du miel vitaminé. Sans cela, vous risquez de mourir d'épuisement.

Tout en manipulant un petit bocal en verre qui contenait une sorte de fluide brun et translucide, il expliqua :

— Nous l'appelons la gelée royale comme la nourriture qui rend les larves des abeilles des reines au lieu de simples ouvrières.

— Mademoiselle Zirignon, bon courage. Je sais que vous êtes fortes physiquement mais surtout émotionnellement. Je vous laisse en de bonnes mains. Je vais voir mon propre enfant, lui montrer que je tiens à lui en dépit des apparences.

Elle n'avait écouté que la moitié de ce qu'il avait dit. Elle s'était recroquevillée sur elle-même et commençait à suer dans une douleur sourde intérieure.

— Adaline…

— Oui, Docteur.

— Je vais appeler le robot infirmier. Il veillera sur vous toute la nuit. Au moindre problème, il me contactera. D'accord.

— Non, je ne suis pas d'accord, dit-elle avec aplomb. Vous m'avez dit que ces choses n'avaient pas de conscience. Ce dont

De la chenille au papillon

j'ai besoin, c'est d'une vraie personne. Ne m'abandonnez pas, implora-t-elle en se tortillant.

Le médecin, embarrassé au départ, accepta :

— Ne vous inquiétez pas. Je ne vais pas vous abandonner. Accrochez-vous. Demain matin, vous irez un peu mieux.

Il prit une chaise et s'assit tout près du lit, épongeant son front de temps à autre.

Pendant ce temps,
Dans l'une des cellules
d'hébergement du C.E.R.E.

Un homme visiblement nerveux faisait les cent pas devant l'hologramme d'une femme en communication sécurisée :

— Madame Archel, je suis dans de beaux draps. Organisez une extraction au plus vite.

— Pourquoi ? Calmez-vous, asseyez-vous et expliquez-vous.

Il s'assit et se tordait les mains à cause du stress :

— Si ça se trouve, ils savent déjà que je suis impliqué, que je suis un agent de Transextropie.

Elle tenta de le raisonner et de le rassurer :

— Votre couverture est parfaite. N'avez-vous pas reçu l'inoculation comme prévu ?

— Si, il y a quelques minutes.

— Comment vous sentez-vous ?

— Bien pour le moment…

De la chenille au papillon

— Alors expliquez-moi pourquoi ils vous injecteraient leur précieux Ichor s'ils vous soupçonnaient de quoique ce soit.

— Je ne sais pas mais ils savent tout.

— Réfléchissez. Comment sauraient-ils ? Auriez-vous fait ou dit quelque chose qui leur aurait mis la puce à l'oreille ?

— Non. Mais ils savent tout, je vous dis. J'en ai l'horrible intuition.

— Comment cela, ils savent tout ? Cessez de répéter cela sans y apporter de preuves concrètes. Ils ne sont tout de même pas omniscients, se moqua-t-elle.

— Non, mais Ganima, oui… Votre taupe : Adaline Zirignon, elle a été découverte ! Ainsi que Fritsch, elle l'a balancé.

— Comment ? Mais qu'est-il arrivé ? Bon sang ! La petite idiote, je la pensais plus rusée.

— Mais elle l'est. Seulement, ils possèdent des technologies que vous ne pouvez qu'imaginer. Ils l'ont tuée afin qu'elle leur avoue tout ensuite.

— Comment ça, ils l'ont tuée ? Elle est morte ? Et comment peut-elle avouer quoique ce soit en étant morte ? Ce que vous racontez n'a absolument pas de sens. Ce qu'ils vous ont injecté vous fait perdre la tête, mon cher.

— Non ! Je le sais bien. Elle est en vie de nouveau. Je sais, je n'aurais pas compris moi-même ce que je vous raconte maintenant il y a quelques heures. Ça n'aurait pas de sens pour la majorité des gens. Mais c'est comme je vous le dis : ils l'ont tuée et pendant qu'elle était morte et apparemment inconsciente, ils ont fouillé sa mémoire, trifouillée son cerveau ou que sais-je. Mais le résultat est le même : ils savent tout.

— Écoutez, cessez de paniquer au risque d'être vraiment découvert. Et il n'est pas question de vous extraire. Vous avez reçu l'inoculat, ce qui démontre indéniablement qu'ils ne connaissent pas votre double jeu. Et Zirignon ne sait pas que vous faites partie de l'organisation, alors aucun risque qu'elle ait parlé de vous. Vous comprenez ?

De la chenille au papillon

— Je l'espère. Sinon, je ne sais pas ce qu'il me réserverait. Il me tuerait moi aussi pour me faire avouer et ensuite il me ferait revenir à la vie, ou peut-être pas.

— Vous connaissiez ce procédé ?

— Si je savais qu'une telle machine existait, je vous aurai dissuadée de mettre à exécution votre plan.

— Vous n'étiez pas pour de toute façon… dès le départ.

— Parce que je n'aime pas le chantage et encore moins prendre en otage un enfant.

— Vous y allez un peu fort, non ? Ce n'est pas ce que nous avons fait.

— Vraiment ? C'est ce que vous avez fini par vous persuader ? Et l'enlèvement de Fritsch ?

— Un mal nécessaire. Il ne se rappelle même pas de l'événement. Comment voulez-vous que cela lui fasse du tort ?

— Vous avez tout de même trituré son esprit pour qu'il délivre un message subliminal de déverrouillage à Zirignon.

— Oui et donc ? demanda-t-elle de manière totalement décomplexée.

— Eh bien, comment pouvons-nous savoir quel impact cela aura sur eux plus tard ?

— Je vous trouve bien consciencieux et soucieux de leur santé tout d'un coup.

— Zirignon est devenue une amie, bien malgré moi.

— Attendez. Je crois me souvenir que c'était votre idée de répandre la rumeur sur le fils Pierce, qu'il faisait partie de Transextropie, pour brouiller les pistes. Alors pour jouer les moralisateurs, vous m'excuserez, mais vous n'avez aucune leçon à donner.

— Ce n'est pas l'impression que je voulais…

Elle l'interrompit :

— Est-ce que vous désapprouvez les méthodes des Transextropiens ? Est-ce que vous renoncez à notre *deal* ?

— Bien sûr que non.

— Vous en êtes sûr ? Parce que nous avons d'autres agents infiltrés bien plus

De la chenille au papillon

motivé que vous qui ne s'embarrassent pas de questions éthiques mal placées.

— Puisque je vous dis que non. Je connais l'enjeu. Quelle est la suite ?

— La suite ? Vous pensez qu'il y a une suite ?

— Eh bien, oui. Vous n'avez tout de même pas tout misé sur Fritsch, Zirignon et moi-même ?

— Non, mais dois-je vous mettre dans la confidence ? Ça, je ne sais pas.

— Vous vous méfiez de moi, maintenant ? Après tout ce que j'ai fait et sacrifié.

— Oh non, au contraire. Mais moins d'agents seront au courant et plus il y aura de chances que cela fonctionne.

— D'accord. Alors je n'insisterai pas.

— Avez-vous les informations que je vous ai demandées ?

— En partie, oui. Mais ayez à l'idée que je ne suis pas un spécialiste. Un géno-cybernéticien aurait été d'une plus grande aide sur ce coup.

Nouvel Horizon

— Ne vous inquiétez pas pour cela. Nous avons à Principal les personnes compétentes qui sauront déchiffrer les codes.

— Les déchiffrer peut-être, mais les comprendre, ça sera une autre paire de manches.

— Expliquez-moi juste comment cela marche.

— Ils ont un synthétiseur d'ADN qui marche comme une imprimante à polynucléotides. Elle sert à élaborer les biobriques, les gènes d'intérêts récoltés à travers le monde du vivant. Ils utilisent ensuite CRISPR-Cas9[12], une enzyme qui sert de ciseaux et de colle à ADN pour insérer ces biobriques dans le génome d'un châssis, un organisme symbiotique qui servira d'agent transformant de l'humain-hôte : le fameux Ichor tant convoité.

— Humm, intéressant mais apprenez-moi quelque chose que j'ignore. Tout ce que

---

[12] Découvert chez les bactéries par la Française Emmanuelle Charpentier et l'Américaine Jennifer Doudna qui leur valut, dans cet univers, le prix Nobel de médecine en 2017

De la chenille au papillon

vous venez de me raconter est le B.A.-BA de la biologie synthétique et de la transgenèse. Je vous signale que nous clonons les humains et que nous avons déjà modifié notre génome à maintes reprises pour nous rendre meilleurs. Donc la base, nous maîtrisons. Informez-nous, par exemple, sur la nature de l'espèce qui fait office de châssis. De quelles espèces proviennent les biobriques et quelles sont les propriétés physiologiques et métaboliques qu'elles confèrent exactement ?

— Je l'ignore.

— Ce qui nous intéresse vraiment et que nous ne savons pas reproduire, ce sont toutes les interactions de séquences de régulation entre le symbiote et l'hôte. Par exemple, comment ont-ils réussi à assurer la symbiose pour ne pas qu'il y ait de rejet ou de réactions inflammatoires létales ou morbides au cours de la transformation ?

— J'imagine qu'ils ont retiré des gènes et en ont rajouté d'autres.

— Vous m'en direz tant.

— Je vous l'ai dit et vous le savez. Mon domaine, c'est la physique quantique. Je ne suis pas spécialiste de la génétique.

— Pff. Vous êtes un piètre espion à ce que je vois.

— Je fais de mon mieux !

— Ce n'est pas assez ! Intéressez-vous plus au sujet pour être capable de nous le retranscrire les yeux fermés. Bon sang, vous êtes un scientifique, oui ou non ? Soyez curieux comme un scientifique qui se respecte. Croyez-vous qu'ils trouveront cela suspect ? Bien sûr que non ! Bon, donnez-moi la clé. Je suis impatiemment attendu à Principal.

— Tenez. (Il transféra le matériel en insérant une carte dans l'appareil holographique). Et si je peux vous donner ces données extrêmement sensibles, c'est parce que je suis un bon espion, contrairement à ce que vous dites. Vous rendez vous compte de la difficulté à se faufiler pour accéder à des ordinateurs, ici ? Imaginez ensuite qu'il faille naviguer discrètement et suffisamment longtemps

De la chenille au papillon

dans les systèmes pour y extraire ce qui vous intéresse.

— Vous souhaitez une médaille ?

Comprenant l'ironie de la question, il changea de sujet :

— J'espère que vous tiendrez votre parole…, pour ma mère.

— Si ce que contient cette clé nous satisfait, vous pouvez être sûr que nous soignerons le cancer de votre mère avec notre souche virale et qu'en plus, elle aura une place de choix dans la première station orbitale, celle au climat tropical. Si vous nous rapportez plus de données et parvenez à nous faire parvenir un échantillon de votre sang quand vous serez transformé, vous pourrez dire adieu à tous vos problèmes d'argent, soyez-en assuré.

— Merci…

— Ne me remerciez pas encore et attendez de voir. Monsieur Strofimenkov…, je vous dis à très bientôt avec de bonnes nouvelles, j'espère.

— Madame Archel…

Et l'HoloCom s'éteignit. Soulagé par les propos de sa patronne, Wenceslas ne s'imaginait pas que sa compagne, Liliane Yeoh, avait encore une fois laissé traîner ses oreilles là où il ne le fallait pas. Elle était venue le voir pour se confier sur Adaline avant que les effets de l'ichoriose ne commencent. Mais en surprenant sa conversation illicite, elle était restée derrière la porte. Sa découverte la bouleversait. Elle aurait souhaité ne rien savoir. Elle se demandait comment elle avait pu être aussi naïve pour s'entourer d'espions adverses. Elle hésitait : fallait-il toquer et faire semblant d'ignorer ce qu'elle venait d'apprendre ? Fallait-il lui en parler pour qu'il s'explique devant elle ? Ou devait-elle contacter les autorités de l'Agence pour le dénoncer ? Elle ne savait plus quoi faire. Mais elle l'aimait après tout. Il avait ses raisons qui justifiaient ce comportement si accablant :

« Il a des problèmes d'argent sûrement dus aux soins médicaux de sa mère ».

De la chenille au papillon

Mais pourquoi ne lui en avoir jamais touché un mot. Elle se sentait trahie mais elle savait aussi qu'il était toujours mauvais de prendre des décisions dans la hâte et dans un tel état mental. Elle renonça finalement à entrer. En réalité, elle craignait de n'avoir été qu'une couverture efficace et que son attachement à elle était feint. Elle verrait bien plus tard le déroulement des événements et elle agirait en conséquence.

10 février 2088, Lomé – Centre d'étude, de recherche et d'entraînement de l'Agence Spatiale

Les dortoirs du C.E.R.E. ressemblaient plus que jamais aux rayons d'une ruche d'abeilles. Dans chaque cellule d'hébergement, près des fenêtres, se trouvait un candidat recroquevillé sur lui-même à même le sol.

Guidés par une sorte d'instinct inscrit dans le génome de l'Ichor, ils s'étaient tous péniblement déshabillés et endormis, épuisés comme s'ils avaient couru un triple marathon.

Tous avaient perdu leurs cheveux et affichaient un teint maladivement pâle comme s'ils sortaient d'une chimiothérapie particulièrement agressive.

Leur température avait chuté jusqu'à trente degrés Celsius, leur fréquence respiratoire avait considérablement ralenti et leur pouls était descendu jusqu'à neuf battements par minute pour certains.

De la chenille au papillon

Cet état ressemblait à s'y méprendre à l'état d'hibernation des ours.

Les robots infirmiers et les médecins référents s'agitaient et surveillaient leurs constantes avec grande assiduité, car c'était la période la plus critique du processus de transformation. Il était déjà arrivé que l'organisme, trop faible, meure au cours de cette phase.

En effet, l'Ichor puisait dans les réserves du corps pour former un cocon : de longs poils poussaient sur toute la surface du corps, des filaments mycéliens. Chaque millimètre carré de peau était recouvert par cette soie duveteuse qui mesurait au moins un mètre en longueur. Les candidats ne ressemblaient plus qu'à une immense masse informe et velue qui bougeait de temps à autre.

Blanche au départ, cette étrange fourrure prit progressivement une coloration rouge dominante ou parfois verte selon le profil génétique. Ces poils soyeux, bien qu'étant des mycéliums, possédaient des chloroplastes. Ils devenaient photosynthétiques et allaient donc utiliser la lumière pour apporter l'énergie nécessaire à la progression de l'ichoriose sans puiser dans les réserves de l'hôte. Les médecins avaient donc disposé au-dessus d'eux des lampes horticoles pour fournir à leur protégé plus d'énergie lumineuse que le Soleil ne pouvait en donner.

Cette phase beaucoup moins critique était néanmoins la plus intéressante : l'Ichor se propageait et s'enracinait dans tous les tissus pour entrer en contact étroit avec toutes les cellules de l'organisme, en particulier les fibres musculaires, les cellules souches et les neurones de l'encéphale. Il opérait des transformations physiologiques, métaboliques mais aussi histologiques et anatomiques.

Autour du vingt-huitième jour, la température et les fréquences cardiaques et respiratoires commencèrent à remonter. Les précieuses chrysalides allaient enfin dévoiler les « **homo sapiens ichoriensis** ».

Le docteur Kervallen avait pris une grande serviette et attendait la seconde

De la chenille au papillon

naissance de Adaline. Il lui avait promis qu'il serait là, alors il honorait sa promesse. La masse informe tremblait comme si elle avait froid puis se dressa lentement. Il savait comment cela se passait. Il connaissait le déroulement du processus sur le bout des doigts ; et heureusement car pour un novice, voir cette chose touffue se mouvoir était plutôt effrayant.

— Adaline ?
— Hummm… ! répondit-elle.
— Attendez, je vais vous aider.

Détournant le regard, il s'approcha avec la serviette et commença à l'essuyer. Les poils tombaient d'eux-mêmes sous l'action mécanique. Bientôt, il découvrit la nouvelle Adaline, plus belle que jamais. Autrefois plus rondelette, elle avait acquis une musculature féminine racée qui donnait l'impression qu'elle avait été taillée dans le roc par Michel-Ange en personne. Ses iris, autrefois noirs, étaient devenus les geôles d'un regard d'aigle, jaune doré taché de carmin et de rainures émeraude. Sa chevelure avait repoussé plus exubérante que jamais. Chaque cheveu avait évolué pour devenir plus épais et creux pour accueillir des mycéliums photosynthétiques. Riches en caroténoïdes, ils affichaient une érubescence insolente qui tirait sur un pourpre foncé à la racine. Quant à sa peau, imberbe et lisse comme celle d'un nouveau-né, elle avait retrouvé un joli teint cuivré qui émettait par endroits de légers reflets coruscants.

Le docteur, émerveillé, l'enveloppa délicatement dans la grande serviette. Il ne put s'empêcher de s'exprimer :

— Adaline, vous êtes plus belle et merveilleuse que jamais. Vous êtes transfigurée.

Elle le fixa de ses grands yeux rubis et ne répondit que par un sourire qui fit quelque peu perdre l'équilibre au pauvre médecin. Il paraissait hypnotisé. Pourtant, il n'arrêtait pas de se dire *in petto* :

« Mais ce n'est pas possible. Quel A.D.N. ont-ils pu mettre dans son cocktail pour qu'elle génère une telle attraction sur ma personne ? »

De la chenille au papillon

Mais elle n'était pas la seule. Les 143 autres, hommes comme femmes, bénéficiaient de cette même aura surpuissante, comme si le cru de l'Ichor de 2 088 avait muté et était plus exceptionnel que tous les autres réunis.

Il avait préparé une seringue et des compresses imbibées de désinfectant :

— Adaline, je vais vous faire une prise de sang si vous le voulez bien. Je sais que vous avez horreur des robots infirmiers. J'ai pensé qu'il serait mieux que je le fasse moi-même.

Elle hocha la tête et lui tendit son bras droit :

— Humm…, hum…, hummmm…

— Ne dites rien pour le moment. Cette aphasie est naturelle. Vous retrouverez la parole très vite. Je pique maintenant.

— Humm… Mmm… Mer…ci.

— Vous récupérez extrêmement vite ! Je vais vous laisser vous reposer. Vous en avez grandement besoin.

Elle le regardait s'en aller avec un sourire d'ange.

Le lendemain matin

Sept heures du matin sonna comme une délicieuse mélopée. La belle Adaline s'éveilla comme une marguerite qui s'ouvre à la rosée du matin. Elle ne s'était jamais trouvé une telle forme. Il lui semblait qu'elle aurait pu parcourir le monde en courant sans jamais être épuisée. Elle se leva et de ses pas léonins, elle atteignit le grand miroir de sa cellule. Elle se trouvait exceptionnellement belle, bien qu'elle ne soit absolument pas du genre narcissique. Elle observait cette légère brillance qui transparaissait de sa peau et se tournait lentement pour apprécier ses courbes, puis son visage qu'elle manipulait de ses doigts comme pour éprouver son élasticité. Elle avait rajeuni. Ses ridules naissantes avaient disparu. Ses traits étaient plus saillants, plus sereins. Son regard incroyablement perçant et déstabilisant, même pour elle.

Elle jeta un œil au mur sur lequel s'était inscrit le programme de la journée. Bientôt 8H… Elle devait se rendre dans une salle

De la chenille au papillon

d'entraînement pour un test PHI avec son médecin référent.

*
* *

Liliane Yeoh venait d'entrer dans le bureau de son médecin référent comme le planning projeté sur un mur de sa cellule le lui avait indiqué. Mais elle était loin de se douter de la personne qui l'y attendait.

— Vous, Monsieur !

— Liliane Yeoh, comment allez-vous ? Pardon, comment je peux vous poser cette question alors que vous êtes manifestement plus en forme que jamais.

La jeune femme, déjà sublime avant sa transformation, était à couper le souffle. Comme tous ses nouveaux congénères, ses cheveux qui étaient devenus ses organes nourriciers, affichaient une insolente exubérance et une coloration soutenue due à leur forte concentration en pigments photosynthétiques. Son regard avait conservé de la douceur et de la malice, mais il devenait plus difficile de le soutenir. Il était intimidant comme celui d'un prédateur prêt à fondre sur sa proie. Pourtant, ce qu'elle demanda rassura le vieil homme : il ne serait pas à son prochain repas.

— Vous me connaissez ?

— Quelle candeur, jeune demoiselle. Pourtant en de mauvaises mains vous seriez tous de redoutables armes, avait-il réfléchi à voix haute. Mais bien entendu, je vous connais tous, poursuivit-il. Tous ceux sur lesquels nous avons investi, de l'argent bien sûr mais surtout de l'espoir.

— J'avais rendez-vous ce matin avec mon médecin. Y a-t-il un problème ?

— Aucun qui ne puisse être résolu dans la minute. Aussi, lui ai-je demandé de nous laisser le régler avant vos tests. Venez-vous asseoir. Non pas que vous en ayez réellement besoin, mais moi, si. Et on sera plus à l'aise…

— Je suis intriguée, Monsieur le directeur.

— Intriguée et non pas inquiète, je l'espère ?

De la chenille au papillon

— Juste intriguée. Les émotions négatives semblent m'affecter différemment. Elles n'ont pas de prises sur moi. Je ne sais pas comment l'expliquer.

— Oui, je connais la chanson et je vous envie… Bref. Je suis venu vous dire que je sais.

— Vous savez ? Mais quoi donc ?

— Ce que votre jeune ami fait dans votre dos et dans le nôtre.

— J'avais décidé d'en parler à mon médecin aujourd'hui même.

— Je sais. Je vous ai devancé. L'Ichor renforce la probité de son hôte. Ça devient plus fort que lui comme une seconde nature. C'est donc pour cela que je suis là.

— Je suis perdue. Si vous le savez, pourquoi venir me voir ?

— Votre jeune ami ne tardera pas, lui non plus, à vouloir soulager sa conscience. Mais en attendant, ne dites mots à personne de cette histoire. Pas même à lui. C'est d'une importance capitale, Mademoiselle Yeoh, que personne n'ait écho de cela. Avec un peu de chance, cette rivalité qui règne au sein de notre humanité aura cessé dans quelques mois.

— J'imagine que je ne peux pas vous questionner sur ce que vous venez de déclarer.

— Vous avez amplement raison. Je sais que vous êtes d'une curiosité maladive, mais vous êtes aussi très maligne et vous savez quand vous devez rester à votre place. Rappelez-moi votre fonction ?

— Statisticienne.

— Hum. A une autre époque, vous auriez été une merveilleuse espionne. Nous sommes d'accord, pour notre petite affaire ? Pas un mot ? Vous réglerez vos griefs avec votre jeune ami quand vous aurez la permission.

— Je sais bien que je n'ai pas le choix. Ne vous en faites pas. Je saurai tenir ma langue, bien entendu. Je comprends bien que des intérêts internationaux sont en jeu.

— Maligne… Je vous remercie et je vous laisse en bonne compagnie.

De la chenille au papillon

*
* *

La salle blanche était vaste et sentait le désinfectant. Le docteur Kervallen l'attendait avec deux robots infirmiers, plantés devant une cuve aux parois transparentes.

— Bonjour Docteur.

— Bonjour Adaline. Entrez là, s'il vous plaît. Comment vous sentez-vous ?

Elle s'exécuta sans poser de question et lui répondit avec beaucoup de jovialité :

— C'est exceptionnel. Je me sens si bien, si forte. Je pourrais abattre des montagnes. Vous vous souvenez de *Wonder Woman* ? Je me sens comme l'une de ces amazones.

— Je suis ravi de l'entendre, dit-il en manipulant un tableau de commande.

— Vous m'avez libérée. J'étais très anxieuse avant. Je stressais facilement. J'ai déjà été en dépression en particulier après avoir abandonné mon enfant. Mais là, j'ai l'impression de faire la part des choses. Je comprends mieux ce qui m'entoure et ce qui peut m'atteindre. Mais cela n'accapare plus mes émotions, mon attention. J'ai du mal à expliquer ce qui m'arrive.

— Bientôt vous saurez. Le champignon qui a tissé un réseau aussi dense que celui de vos neurones et de vos astrocytes dans votre système nerveux vous rendra plus intelligente, cognitivement, sensiblement et émotionnellement. Votre aptitude à entrer en méditation et en extase en produisant des ondes delta a été considérablement augmentée. Bientôt, cela deviendra une seconde nature, comme respirer.

— Je ne ressens plus de rancœur, ni d'incertitude pour l'avenir. Vous savez, avant que je ne rentre dans cette chrysalide, j'avais cette idée fixe qui me taraudait et m'empoisonnais.

— Une idée fixe ? Laquelle ?

— Le fait d'avoir potentiellement mis en danger mon enfant. Deux fois : en le confiant à ces fous et ensuite en ayant avoué mes liens avec eux.

— Ça ne vous inquiète plus ?

De la chenille au papillon

— Je le suis. Je le serai toujours. Mais je relativise. Mais surtout, j'ai confiance en vous. Vous m'avez assuré que l'Alliance s'occuperait de tout.

— Et je réitère ma promesse, Adaline. Je vais aux nouvelles tous les jours. Mais pour le moment, je ne vais pas vous le cacher, ça stagne mais l'Alliance ne lésine pas sur les moyens. Je vous le promets.

— Je n'en doute pas, je vous l'ai dit. Mais dites-moi Docteur, vous en savez énormément sur moi mais j'ignore tout de vous.

— Et la raison en est simple. Je ne suis pas un candidat au voyage et vous n'êtes pas mon médecin référent.

— C'est vrai, mais ne sommes-nous pas amis ? Peut-être que les médecins devraient se confier aussi pour tisser un lien de confiance avec leur protégé. Vous ne pensez pas ?

Il la considéra quelques secondes :

— Vous n'avez pas tort en réalité.

— Et puis, vous m'avez vu quasiment toute nue, plaisanta-t-elle.

— Hum, oui. Que voulez-vous savoir ?

— Je ne sais pas. Ce que vous voudriez m'apprendre sur vous. Je n'ai pas envie de vous questionner. J'ai envie que ce soit spontané comme deux amis qui se rencontrent à déjeuner, vous comprenez ?

— Je vois. On travaillera sur cette nouvelle relation entre nous. Sinon, sachez que j'ai deux sœurs, elles sont jumelles et musiciennes. J'ai aussi un demi-frère, avec qui je ne me suis jamais vraiment entendu. Mais peut-être est-ce que c'est parce que c'est un rêveur invétéré alors que je suis rigoureusement terre à terre.

— Oui, je m'en suis aperçu. Peut-être aussi un peu cassant… Mais c'est ce qui fait votre charme ! ajouta-t-elle aussitôt pour se rattraper maladroitement.

Le médecin rougit, ne sachant pas trop quoi répondre à ce compliment inattendu.

— Et que fait-il dans la vie, enchaina-t-elle pour briser l'embarras qui venait de s'installer.

De la chenille au papillon

— C'est un romancier. Et un très bon, je dois l'admettre.

— Qu'écrit-il ? Peut-être l'ai-je déjà lu ?

— De la science-fiction, du fantastique…

— Un romancier célèbre qui écrit de la SFF qui s'appelle Kervallen ? Ça ne me dit rien, réfléchit-elle.

— C'est parce qu'il a un nom de plume. Il a emprunté le nom de sa mère qui était d'origine cubaine.

— Ah d'accord. Et, vous avez une femme ? demanda-t-elle malicieusement.

— Heu… Oui, j'ai eu une femme. Mais je suis aujourd'hui veuf si vous voulez tout savoir.

— Oh, je suis désolé. Si j'avais su je n'aurai jamais demandé. Excusez-moi, je ne voulais pas…

— Ne soyez pas désolée, Adaline. À notre époque incertaine, ce sont des choses qui arrivent, malheureusement. Je n'ai pas peur d'en parler. C'était une femme sublime, sensible et exceptionnelle. Elle me comprenait et je la comprenais. Je ne crois pas en l'âme sœur parce que je ne crois pas en l'âme mais, elle était ce qui s'en rapproche le plus.

— Elle vous manque…

— Oh oui, elle me manque terriblement mais on s'y fait. Le temps sait cicatriser les plaies… Vous pouvez sortir de la cuve. (Elle s'exécuta de nouveau). Comment vous sentez-vous ?

— Bien. Toujours.

— Montrez-moi vos doigts… vos pieds… aucune engelure… Aucun frisson de réchauffement… Votre température a chuté de 10 degrés mais vous ne semblez pas en souffrir outre mesure. Et vous avez semblé totalement lucide au cours de notre petite conversation… C'est incroyable. Je suis toujours aussi surpris de voir ça.

— À combien était la température de la cuve ?

— Moins cinquante degrés Celsius et vous y êtes restée dans une simple combinaison de coton pendant quarante-cinq minutes. Sans aucune souffrance.

De la chenille au papillon

— Eh bien, effectivement, je me sens très bien même. Vu que la Terre sera bientôt submergée par les glaces, c'est un sérieux atout de nous avoir doté d'une telle capacité.

— Oui, nous en sommes très fiers. Des protéines, des sucres, des lipides antigel d'insectes dans votre sang, vos cellules et à leur surface. Les premières difficultés pour les premiers transformés étaient de savoir comme leur corps réagirait à toutes ces nouvelles molécules qu'on leur a rajoutées pour les renforcer.

— Je devine que la réponse a été : plutôt bien !

Les semaines qui suivirent furent une succession intensive de tests pour évaluer et vérifier la résistance des nouveaux Ichoriens et activer des gènes latents : ingestion de métaux lourds, de substances toxiques comme le sarin et des dioxines, injection d'agents infectieux agressifs comme Ebola ou le Charbon, exposition à des radiations ionisantes… Toutes ces choses effroyables et mortelles n'avaient que peu d'effet sur ces surhommes. De plus, leur capacité de régénération étonnante leur assurait un potentiel de guérison quasiment illimité.

De la chenille au papillon

Abidjan
14 h 30 - 25 février 2088
Bureau du directeur de l'A.S.A.T.

Le dernier étage de la tour culminait à sept cent soixante-dix-sept mètres. C'était à cette hauteur que le directeur de l'A.S.A.T. avait installé son bureau mais également ses appartements. De là, qui n'était autre que l'endroit le plus haut de l'Alliance et qui démontrait aussi le pouvoir et la puissance de cette institution intergouvernementale, le directeur Pierce avait un panorama avantageux sur le golfe de Guinée. Pourtant, à Abidjan, comme dans toutes les villes littorales qui n'avaient pas été oblitérées par les glaces, la ligne de la façade maritime avait reculé parfois de plusieurs dizaines de kilomètres.

De ce haut promontoire qui le faisait se sentir le roi du monde, il gérait les affaires les plus épineuses et les plus délicates. Et en cet après-midi frais, il attendait un rendez-vous par hologramme qui n'allait pas déroger à la règle. Assis confortablement sur son siège matelassé en cuir, il enclencha l'appareil de communication :

— Bonjour Docteur, comment allez-vous ?

Visiblement très agacé et très occupé, son interlocuteur répondit sur la défensive :

— Bonjour, Monsieur. J'imagine que si vous m'avez convoqué ce n'est pas pour savoir comment je vais. Dites-moi au plus vite ce qui se passe au lieu de tourner autour du pot pendant dix minutes comme nous avons l'habitude de le faire. Mon travail est impeccable, alors de quoi s'agit-il ?

— Toujours aussi perspicace. C'est pour cela qu'on vous a voulu à ce poste et en référant de Mademoiselle Zirignon. Une femme exceptionnelle dont nous devions nous assurer la réussite mais également l'allégeance à l'Alliance. Vous avez réussi.

— Oui. Mais où voulez-vous en venir ? C'est la première fois que vous me convoquez pour me parler personnellement d'un de mes protégés.

De la chenille au papillon

— Parce que c'est la première fois, Docteur, que vous regardez l'une d'elles avec ce regard. Et je connais ce regard.

— Je vous demande pardon ?

— Ne faites pas l'ignorant et n'insultez pas mon intelligence : avant même qu'elle ne soit transformée, je trouvais que vous aviez un regard trop compassionnel envers elle. Mais depuis qu'elle est née une seconde fois, votre regard est devenu amoureux, oui, je n'ai pas peur de le dire, amoureux, et vous ne semblez ne même pas vouloir le dissimuler.

— Même si c'était le cas, Monsieur, vous n'avez pas à vous inquiéter. Il ne se passera jamais rien entre elle et moi. Je suis son médecin. Je suis un professionnel. Et n'oubliez pas que très bientôt, elle sera partie sur Vénus.

— Vous voyez, vous ne niez même plus. Mais Pierre, dit-il de manière paternelle, vous vous méprenez sur mes intentions. Je ne vous ai pas convoqué pour vous mettre en garde sur une éventuelle relation entre vous et cette jeune femme qui j'en suis sûre est merveilleuse. Vous n'êtes pas là pour que je vous l'interdise. Mais tout le contraire. Je vous connais depuis longtemps. Vous êtes seul. Je ne vous connais aucune vie sociale depuis le décès dramatique de votre épouse, et pourtant cela remonte à dix ans. Dix ans, vous rendez-vous compte ? ! Je sais qu'elle vous manque mais elle ne vous en voudra pas si vous recommencez votre vie. Pour l'avoir connu, je sais qu'elle vous aurait encouragé. Vous êtes un bon médecin, vous étiez aussi un bon mari. Ne faites pas comme moi. Si vous avez une chance de retrouver un soupçon de joie dans votre vie, n'attendez pas. Vous pensez que le destin vous offrira une autre chance ? Peut-être que oui ou peut-être que non.

Il écoutait son discours. Plutôt sceptique au départ, il finit par baisser la garde :

— Vous me prenez un peu au dépourvu. Je n'avais jamais envisagé quoique ce soit avec elle.

— Eh bien, envisagez ! C'est un ordre.

— Elle s'en va dans quelques mois.

De la chenille au papillon

— Oui, je sais. Mais peut-être qu'elle renoncera à partir pour vous ? Ou que sais-je ? Vous connaissez l'adage : qui ne tente rien n'a rien.

— Je ne veux pas l'empêcher d'atteindre son rêve. Et n'est-elle pas un élément important de tout ce programme. Vous m'encouragerez à interférer de manière délibérée alors que l'Alliance a beaucoup investi sur elle ?

— Son rêve ? Sottise. L'argent des plus forts plutôt que l'amour des plus justes, hein ? Vous commencez à vous donner des excuses. Écoutez, j'ai joué mon rôle. Pensez-vous qu'il n'y ait pas d'alternative à nos choix ? Je vous ai autorisé en toute connaissance de cause. La balle est dans votre camp.

— Je peux partir ?

— Non. Encore une petite chose.

— Je vous écoute.

— Nous sommes proches du dénouement pour la petite de Adaline.

— C'est une fille ?

— C'est exact. Mais ne lui dites rien encore. Car nul ne sait si la fin sera heureuse ou tragique. Les forces en œuvre nous dépassent car elles ne concernent pas uniquement cette mère et son enfant.

— Oui, je le sais. Je saurai tenir ma langue pour ne pas la rendre malheureuse.

— Vous voyez. Tant de prévenance et de sensibilité envers une personne. Depuis combien de temps n'aviez-vous pas ressenti cela ?

Embarrassé par cette ultime remarque qui lui était beaucoup trop intime, il esquiva la question :

— Mon cher, je suis affreusement occupé en ce moment…

— Allez-y et bonne chance quoique puisse être votre décision.

L'image s'évanouit. Mais une autre silhouette réapparue aussitôt :

— Ganima ! s'exclama-t-il un peu surpris.

— Vous ne m'attendiez pas ?

— Pas aussi vite, non. Je suppose que vous avez tout entendu.

De la chenille au papillon

— Oui et j'espère un dénouement heureux pour ces personnes.

— Était-ce votre but depuis le début ? Rendre ces gens heureux ?

— N'est-ce pas le but de votre Dieu ? Rendre ces créatures heureuses ? En particulier quand elle le leur demande ?

— Oui, on peut dire cela. Mais vous êtes…

— Une machine. C'est ce que vous vouliez dire.

— Oui et je m'en excuse.

— Ne le faites pas. Vous avez raison. Il faut appeler un chat un chat, n'est-ce pas ? Mais l'ère des machines à l'esprit inerte est révolue depuis plus de trente ans.

— La singularité technologique…

— Oui.

— Pourquoi Adaline ? Allez-vous enfin me donner la réponse ?

— Elle a souvent prié votre Dieu pour la sortir de son marasme de culpabilité. Je l'ai prise en pitié. Je devais l'aider. Et ce projet concordait parfaitement avec celui d'éliminer le plus grand obstacle de l'Alliance Terrienne.

— Ça y est ? Ils vont enfin payer ?

— Tout est en place, oui. Inviter votre ancienne amie pour un dîner dans les plus brefs délais.

— J'ai vraiment hâte si vous saviez.

— Oh mais mon cher Directeur, je le sais.

Et elle disparut comme de la brume.

De la chenille au papillon

6 mars 2088
Lomé – Salle d'entraînement du C.E.R.E.
Test d'endurance

Adaline courait depuis déjà quarante-cinq minutes le long du boulevard qui longeait la palestre. Elle atteignait des pointes de trente-sept kilomètres à l'heure pour une moyenne de trente-deux[13]. Son cœur battait gentiment à quatre-vingt-cinq, voire quatre-vingt-dix à la minute. Les capteurs ne décelaient aucune souffrance. Pas de chute de la glycémie, une oxygénation optimale des tissus, aucune lésion musculaire critique. Loin de la surchauffe et de l'essoufflement, elle discutait tranquillement par l'intermédiaire d'une oreillette avec le docteur Kervallen.

— Une question me taraude, mon cher Docteur.

— Quelle est-elle ?

---

[13] Usain Bolt court à une vitesse moyenne de 37,58 km/h avec une pointe à 44,72 km/h sur 100 mètres.

— Je ne cesse de me le demander : comment avez-vous su que j'étais allée dans votre bureau pour poser un mouchard ? J'avais pris mes précautions, j'avais suivi scrupuleusement et consciencieusement leur plan.

— Les Transextropiens sont très malins et surtout très riches mais ils ignorent de nombreuses choses concernant les systèmes de sécurité de l'Agence Spatiale.

— J'avais justement désactivé les systèmes avec la petite boîte.

— Pas celle de votre chambre…
— Vous nous espionnez ?
— Non, ne vous inquiétez pas pour cela. Mais vos chambres sont dotées d'un système de sécurité qui peut nous alerter s'il détecte une anomalie qui mettrait en danger un candidat.

— Ça ressemble tout de même à de l'espionnage…

— Votre santé est notre priorité. Si vous pensez que c'est une restriction ou une violation de vos libertés, je vous répondrai

De la chenille au papillon

que nous sommes dans une société qui est sous état d'urgence climatique globale.

— Humm… Ça n'explique pas que vous m'ayez démasqué.

— Vous étiez dans votre chambre alors que personne d'autre n'avait eu ce comportement. Le système de sécurité a trouvé cela suspect. Ajouté à votre pouls qui était très rapide et au fait que vous ayez déchiré l'intérieur de votre valise. Ça, ce sont les enquêteurs qui l'ont découvert lorsqu'ils sont venus dans votre chambre dans le but de vous aider si vous étiez mal. Mais vous étiez déjà partie. La suite vous la connaissez…

— Oui. Que trop bien. Cependant, je trouve qu'il y a tout de même des zones d'ombre. Vous n'auriez pu me démasquer sans me soupçonner à l'avance. Je me trompe ?

— Je ne peux rien vous dire pour la simple raison que je l'ignore. Je ne suis que médecin. Je ne suis pas dans le secret des dieux. Mais questionnez-moi sur votre dossier médical et je serai intarissable.

Elle changea de sujet au bout de quelques minutes :

— Les autres candidats sont-ils tous aussi performants ?
— Ils le sont tous, sans exception. Chacun de vous excellant dans un domaine physiologique et métabolique particulier. En parlant des autres candidats, comment se sont passées les retrouvailles avec vos amis ?
— Globalement bien. Je crois qu'ils ne m'en veulent pas. Peut-être une sollicitude marquée par l'Ichor qui a modifié notre psyché. Je ne suis pas sûr que leurs anciennes versions eussent été compréhensives. Moi, je ne me serais laissé aucune chance.
— C'est tout à votre honneur mais peut-être que vous auriez été un peu trop dur avec vous-même. Vous aviez des circonstances atténuantes et nous savons à quel point les Transextropiens peuvent être persuasifs.

De la chenille au papillon

— Oui, je ne le sais que trop bien. Tout cela est derrière moi à présent. Tout ce que j'espère, c'est que l'univers saura faire payer à ceux qui manquent d'honnêteté et d'intégrité morale.

— S'il existe une telle entité capable d'exaucer de tels vœux, qu'elle vous entende… Ça fait une heure. Arrêtez ! Comment vous sentez-vous ?

— Légèrement fatiguée mais j'aurai pu continuer une heure supplémentaire à la même allure.

— Incroyable ! La résilience de votre système cardio-vasculaire est tout bonnement incroyable. Là encore, une protéine élastique d'insecte.

— À aucun moment je n'ai cru manquer de souffle.

— Une méga hémoglobine de vers marins libérée dans votre circulation par votre rate pendant l'effort. Sans parler de la neuroglobine dans votre cerveau et la myoglobine dans vos muscles. Vous êtes saturée d'oxygène prêt à brûler les sucres que vous produisez vous-même par photosynthèse.

— Je comprends pourquoi les autres veulent à tout prix connaître le secret de votre technologie et à quel point ils sont loin de son élaboration. (Elle changea encore de sujet) : Saviez-vous que Wenceslas était un espion Transextropien lui aussi.

— Oui. Comment l'avez-vous appris ?

— Il nous l'a avoué ce matin et a affirmé qu'il allait se rendre. Je me suis excusé auprès d'eux, Liliane, Eliot, Wenceslas et surtout Laurent pour ma conduite inexcusable. Je leur ai expliqué l'odieux chantage affectif qu'ils avaient mis en place dans l'espoir qu'il comprenne un peu mais pas qu'il me pardonne. Et c'est alors que Wenceslas, dans l'émotion, s'est également confié à nous, en nous parlant de sa mère malade et de sa pleine et complète coopération pour divulguer des informations ultra-confidentielles qu'il a réussi à vous voler. Mais je pense que ça a

De la chenille au papillon

été dur d'avouer qu'il avait fait circuler de fausses rumeurs à propos de Eliot…

— Oui, je suis au courant et je suis navré pour votre ami.

— Va-t-il être condamné ?

— Je ne sais pas. Je ne suis que médecin mais je suppose que comme vous, il sera gracié. D'autant plus qu'il s'est rendu de lui-même.

— Oui, je l'espère aussi. Le point positif dans tout cela, c'est qu'il a fait une déclaration très touchante à Liliane. Et a fini par lui demander sa main.

— Hum, c'est niaiseux à mourir. Mais je suis curieux de savoir ce qu'elle a répondu.

— Ah, vous voyez ! Elle a accepté, les larmes aux yeux. Pourtant ce n'était pas gagné. Les dégâts occasionnés sur leur relation par son mensonge ont été terribles. Mais l'amour triomphe toujours !

— Je suis heureux pour eux, vraiment.

— Y aurait-il donc de la chaleur sous cette glace ? plaisanta-t-elle.

Le médecin profita de cette boutade pour se jeter à l'eau :

— Que diriez-vous d'un dîner aux chandelles pour le découvrir ?

— Vous savez avec mes capacités photosynthétiques, je ne suis pas très vorace…

— Oh oui, pardon c'est vrai, commençait-il à balbutier.

— Mais, Guénolé, c'est avec grand plaisir que j'accepte votre invitation.

Il ressentit un grand soulagement de n'avoir pas été rejeté.

De la chenille au papillon

2 avril 2088
Abidjan – Au restaurant le *Petit Paris*

Le *Petit Paris* était un restaurant très huppé de l'ancienne capitale ivoirienne qui était prisé par les officiers et les fonctionnaires de l'A.S.A.T.

Situé dans la nouvelle ville qui était éloignée du vieux centre de vingt-six kilomètres à cause du recul du bord de l'océan, le restaurant était régulièrement enveloppé par la fraîcheur des embruns marins.

Rosalinda Archel descendit de voiture dans une robe rouge sublime qui épousait sa plastique, découvrant une partie de son épaule gauche et une grande partie de son dos. Manifestement d'âge mûr, ses traits froids et sa chevelure platine empêchaient d'évaluer son âge. Perchée sur des escarpins, elle balançait des hanches, amusée par le regard envieux des femmes et d'envie des hommes.

Elle arriva sous le porche du restaurant qui était dans une grande bâtisse construite sur le modèle du château d'Abbadia dans un Pays basque qui gisait sous plusieurs kilomètres de glace.

Un serveur guindé apparu en queue-de-pie :

— Madame ?

— Je viens pour dîner avec un gentleman.

Le serveur avait du mal à détacher ses yeux de cette beauté nordique :

— Est-ce que… Est-ce que vous avez une réservation ?

— Oui. Au nom de Pierce.

— Ah, très bien. Suivez-moi. Il est déjà présent.

Elle avait donc rendez-vous avec le directeur dans le lieu public le plus en vue de la ville. Et, elle s'était assurée d'être la plus voyante possible afin que tous remarquent son prétendant.

Traversant le vestibule, ils montèrent à l'étage jusqu'à la « chambre de la

De la chenille au papillon

châtelaine » qui était une pièce luxueuse réservée pour les repas entre amoureux transis. Dès que le directeur la vit, il s'exclama :

— Toujours aussi élégante à ce que je vois. Vous n'êtes pas une femme sur laquelle on met la main facilement. Je ne savais pas si vous accepteriez mon invitation.

Elle s'assit, hautaine, comme si elle était en terrain conquis.

— Eh bien… ! Vous m'accueillez avec un grand sourire. Ce dîner commence plutôt bien. J'ai été surprise de recevoir votre invitation. Après notre dernière entrevue, vous n'étiez pas particulièrement avenant. Avez-vous donc changé d'avis ?

— Changé d'avis ? Mais sur quoi donc ?

— Abel… Pourquoi m'avoir fait venir si ce n'est pas pour discuter du transfert de technologie qui nous intéresse depuis des années ? J'espère que vous ne me faites pas perdre mon temps. Mon temps est mon bien le plus précieux.

— Oh ne vous en faites pas. Votre temps est bien employé en ma compagnie et en cet instant.

— Alors dites-moi ce que je fais ici.

— Je vais vous le dire. Mais si nous prenions un peu de vin ? C'est l'Alliance Terrienne qui régale.

— À la condition que vous me laissiez choisir la bouteille ?

— À votre guise, ma chère.

— Devrions-nous trinquer à un regain de lucidité de votre part ?

— Trinquons à tout ce que vous voudrez.

— Je ne peux pas si je ne connais pas la raison de ma présence ici. Vous êtes bien mystérieux. Et vous savez bien que je déteste les mystères.

— Que vous êtes impatiente, Rosalinda. Vous ne me laissez même pas le temps de savourer.

— Quoi donc ? Le vin n'est pas encore choisi !

— Mais faites donc… Choisissez.

De la chenille au papillon

— Je m'en vais…, dit-elle excédée par ce jeu du chat et de la souris.

— Oh que non, vous ne partirez pas. Vous détestez les mystères mais vous supportez encore moins l'ignorance. Nous, en revanche, nous savons tout.

— Vous savez ? Mais quoi donc ?

— Tous sur vos petites manigances pour me couler et obtenir le Graal de la biologie synthétique.

— Petit directeur, vous pensez savoir mais vous êtes si loin du compte.

— Je sais pour Adaline Zirignon et Laurent Fritsch.

— Grand bien vous fasse mais prouvez-le. Notre parole contre la leur. Vous voulez déclencher une crise entre deux États sur la base de révélations de… deux personnes ? Une crise qui pourrait dégénérer en conflit armé ouvert, le menaça-t-elle.

— Nous connaissons votre *modus operandi* depuis longtemps. L'argent mais surtout le chantage affectif. C'est vieux comme le monde.

— Attendez une seconde… Vous m'avez fait venir ici pour me dire que vous saviez ces choses ? Vous me faites perdre mon temps et surtout le vôtre si vous vous attendez à des aveux.

— Je ne m'attends à rien puisque je vous dis que je sais tout. Je sais aussi pour Wenceslas Strofimenkov…

— Qui ça ? demanda-t-elle, en s'empourprant légèrement.

— Vous simulez mal, ma chère. J'ai pu m'en rendre compte dès la première fois que nous avons consommé.

— Ce qui n'est pas en votre faveur, se moqua-t-elle.

— Je vous l'accorde.

— Que vous a donc dit cet homme qui vous donne tant de confiance en vous.

— Lui ? Mais rien du tout. Ni les six autres personnes que vous avez engagées pour récupérer notre technologie.

Il sortit une feuille de papier pliée qu'il glissa sur la table. Elle la saisit et l'ouvrit. Ce qu'elle lut la rendit soudainement fébrile.

— Qui sont ces personnes ?

De la chenille au papillon

— Vous connaissez très bien les gens de cette liste. Vous les avez rencontrés en personne après les avoir suivis pendant des années et sélectionnés très habilement pour qu'ils se vendent afin d'aider un ou plusieurs membres de leur famille. Ces personnes sont intelligentes, athlétiques, persévérantes, mais surtout empathiques et néanmoins fragiles, désirant plus que tout mettre à l'abri les gens qu'ils aiment. Vous leur avez menti délibérément, parce qu'après tout, vous excellez dans le mensonge et les artifices, pour piéger et pour votre unique bénéfice.

— J'ignorais qu'en venant ici j'aurai droit à une bordée d'insultes. Cela avait pourtant bien commencé, commenta-t-elle déçue.

— Ne feignez pas la surprise, enfin. Vous savez que de ma part, vous n'aurez rien d'autre.

Elle déchira en mille morceaux la feuille qu'elle avait déposée devant elle et se leva :

— Je vous souhaite une bonne soirée, petit directeur…

— Rasseyez-vous.

— Je ne pense pas, non ! Vous êtes fier parce que vous avez écrit des noms sur du papier ? Bravo ! L'Alliance vous félicite. En ce qui me concerne et je vous le répète parce que votre vieillesse vous a rendu manifestement sourd, je n'ai aucun lien avec ces gens. Ni cette Zirignon, ni ce Fritsch… Alors, je vais franchir cette porte à moins que vous ayez une proposition financière à me faire pour me vendre l'Ichor.

— Oui, j'ai une proposition, alors rasseyez-vous.

— Enfin, vous parlez ma langue. Je vous écoute.

— Vous rappelez-vous le moment exacte où vous avez reçu le transfert de la clé de Monsieur Strofimenkov ?

— Pardon ? Encore des inepties…

Elle voulut se lever mais il agrippa sa main si fort qu'elle resta scotchée à son siège.

— Mais vous êtes malade ! Vous me faites mal ! Vous savez ce que vous

De la chenille au papillon

encourrez pour violence en particulier envers une femme ?

— Je risque peut-être gros mais vous, vous serez en prison dans l'un des centres pénitentiaires lunaires. Alors, vous rappelez-vous ce moment délicieux ?

— Je ne vois pas ce que vous voulez dire ! Vous divaguez. La vieillesse vous a rendu sénile aussi ?

— Répondez ou je ne vous lâcherais pas !

— Oui ! Oui, je me souviens ! avoua-t-elle enfin. Et en ce moment même, nous étudions vos précieuses données qui rendent l'Alliance si prétentieuse.

— Elles sont fausses, dit-il sans détour.

— Pardon ? !

— Elles sont toutes fausses, vous n'y apprendrez rien.

— Quoi ? !

— Ma chère ? Vous devenez sourde ou peut-être sénile, ironisa-t-il.

— C'est vous le menteur. Vous essayez de me faire dire des choses. Je suis sur écoute, n'est-ce pas ? Mais quel tribunal recevra des aveux donnés sous la menace et la violence.

— Rosalinda, vous exagérez un peu, non ? Je vous ai juste serré la main, comme à l'époque. Pourtant, vous appréciez cela quand j'étais amoureux de vous et que vous faisiez semblant pour me soutirer des informations. Vous vous souvenez ?

— C'est cela dont il s'agit ? De la colère et de la vengeance d'un homme brisé et éconduit ? Mais regardez-vous : fou, vieux et croulant. Vous transpirez l'amertume. Quelle femme saine d'esprit pourrait s'intéresser à vous ? Cela aurait dû vous mettre la puce à l'oreille.

— La méchanceté comme dernier rempart de défense. Je vous reconnais bien là. Mais sachez qu'il s'agit du fait que nous avons placé dans les données, que vous avez gentiment acceptées de la part de votre taupe, un virus d'une rare sophistication qui va anéantir toute l'infrastructure de Principal mais aussi ceux de vos deux joyaux : les stations orbitales. Il n'était pas possible jusque-là de franchir juridiquement

De la chenille au papillon

vos pare-feu mais grâce à votre malhonnêteté, c'est chose faite. Cet acte a été comme une invitation pour Ganima à contrôler votre misérable nation de géno-profanateurs.

— Vous bluffez…

— Vous savez que contrairement à vous, je ne bluffe pas. Je suis un livre ouvert.

— Si vous faites cela, vous condamnez des centaines de milliers de personnes.

— Comme je l'ai appris à mes dépens selon vos propres règles : c'est vous ou c'est nous. J'ai fait mon choix depuis longtemps.

Elle planta ses ongles dans la main du directeur qui tenait toujours fermement son poignet. Il lâcha aussitôt son étreinte :

— Féroce, féline, dangereuse. Quel dommage que vous irez pourrir au bagne.

— Hypocrite ! Cessez de vous croire meilleur que nous. Vous faites de la manipulation génétique, vous appelez ça l'Ichor et pour vous, c'est bien. Mais quand nous le faisons, c'est mal.

— Vous manquez de sérieux, Rosalinda. Vous savez pertinemment que cela n'a rien à voir.

— L'Alliance a fait au moins aussi mauvais que Transextropie ces dernières années pour maintenir sa population sous la barre du milliard.

— Cessez de fantasmer sur notre politique démographique. Vous connaissez la définition de planning familial ?

— Je suis sûr que vous mentez pour le virus informatique.

— Nous allons voir.

Il prit son téléphone et composa un numéro :

— Nous contrôlons tout. Je vais ordonner une panne électrique générale dans tout Principal : « déclencher la phase 1 ». Nous l'avons appelé « persuasion ». Appelez votre centre général ou quelqu'un qui a un téléphone portable là-bas. Allez-y.

— Le centre est sous générateur en cas d'incident de ce genre.

De la chenille au papillon

— Les générateurs ne seront d'aucun secours. Nous contrôlons absolument tous les systèmes.

Elle prit son téléphone et essaya plusieurs numéros sans succès. Puis un dernier qui répondit. La personne à l'autre bout semblait complètement paniquée. Après quelques secondes, elle raccrocha aussitôt, blême.

— Vous rappelez-vous le moment délicieux que vous avez eu ? demanda-t-il triomphalement.

— Oui…

— Eh bien, je viens de vous l'enlever. Car c'est moi qui vais me souvenir de cet instant jusqu'à la fin de ma vie. L'instant où vous avez enfin compris votre défaite. Je voulais que vous savouriez ce vin car soyez-en sûr, c'est le dernier que vous goûterez avant longtemps.

— Qu'est-ce que vous voulez ? Nous pouvons vous offrir tout ce que vous souhaitez. Nous paierons cher !

— J'y compte bien. Vous allez tous payer pour votre irresponsabilité et vos crimes…

en prison. Vous m'enverrez des cartes postales de la Lune. « Vous pouvez venir la chercher ».

Deux hommes armés firent irruption dans la salle.

— Alors c'est comme ça que cela se termine. Après Transextropie, ça sera le tour du Sanctuaire ?

— Ils ne nous ont jamais menacés, eux. Tout ce qu'ils veulent, c'est rester loin de toute influence technologique excessive et mener leur propre barque spirituelle. Tout le contraire de vous et de vos semblables.

Le directeur de l'A.S.A.T. paraissait avoir un lien émotionnel avec le Sanctuaire, un micro-état fondé par les nombreuses factions religieuses (Chrétiens, Musulmans, Juifs, Bouddhistes…) qui étaient présentes avant Ganima et qui se sont unies pour la première fois sous une même bannière pour conserver leur autonomie spirituelle face à l'émergence de la techno-déesse, une sorte de communauté néo-Amish pluri-confessionnelle et multiculturelle. Rosalinda Archel s'en était aperçu et l'avait

De la chenille au papillon

même déjà soupçonné lors de leur dernière rencontre. Mais, elle était bien trop énervée pour en faire cas, cette fois :

— Quel imbécile ce Wenceslas ! Il n'a même pas pensé aux conséquences pour sa mère.

— Ne soyez pas si dure avec lui. Nous avons fait tout cela à son insu. Vous avez sous-estimé l'omniscience de Ganima mais elle a tout calculé depuis le début. C'était perdu d'avance. Comme on dit au jeu en vaut la chandelle : « échec et mat ».

— C'est impossible… Même pour votre précieuse machine. Comment aurait-elle pu connaître de l'intérieur nos faits et gestes, nos plans… ? Nos systèmes informatiques étaient inviolables jusqu'à ce j'y fasse introduire votre cheval de Troie… Des espions ! ? ! finit-elle par déduire.

— Vous aviez les vôtres, nous avions les nôtres.

— Impossible. Toutes personnes non génétiquement modifiées sont repérées et expulsées.

— En réalité, pas vraiment des espions, Rosalinda. Des transfuges, plus exactement. Votre si belle société a une faille que nous avons exploitée. L'argent est votre plus grande force mais aussi votre plus grande faiblesse. Lorsque vos concitoyens tombent en faillite, ils tombent également en disgrâce. Ils perdent tous et sont considérés comme des moins que rien. Si la majorité préfère le suicide à la rétrogradation, une minorité nourrit leur haine et leur vengeance contre Transextropie. Et c'est là que nous sommes intervenus.

— Vous voyez. Vous aussi vous exploitez les sentiments de vos ennemis pour arriver à vos fins.

— Nous avons appris de vous.

Le visage de son ex-amante changea subitement. Il avait semblé retrouver sa candeur et sa douceur d'antan lorsqu'ils étaient ensemble. Elle le fixa de ses grands yeux bleus et lui déclara :

— Vous savez, je n'ai pas fait semblant de vous aimer. J'ai réellement eu des sentiments. Mais la raison, les

De la chenille au papillon

circonstances, la politique… Dans une autre vie, un autre monde… Ça aurait marché entre nous.

— Peut-être avez-vous raison mais c'est un peu tard pour les regrets. « Emmenez-la » !

Les deux officiers armés qui avaient débarqué dans la chambre de la châtelaine l'avaient menottée pour la traîner hors de la pièce.

Le directeur de l'Agence spatiale resta seul une demi-heure. Il savoura le vin qui était un vieux Côte de la Loire qui avait plus d'un siècle d'âge. Il repensait avec nostalgie à sa femme puis à Rosalinda Archel, lorsqu'il entretenait une relation plus qu'amicale avec elle.

« Elle n'avait aucune raison de mentir », se disait-il. « Elle savait qu'elle était de toute manière condamnée et que cela ne changerait rien ».

Ce fut pour le directeur une bien maigre consolation. Il choisit donc de s'accrocher uniquement à ce sentiment indescriptible de victoire.

4 avril 2088, Brasília – Capitale de L'Alliance Terrienne

Au surlendemain de la chute de Principal, la capitale de Transextropie, les rapports des inspecteurs pleuvaient au palais de la Décarchie où les dix Sages de la planète avaient été convoqués par le parlement mondial pour trancher les questions éthiques.

Les troupes libératrices, qui s'étaient heurtées à une farouche résistance qu'ils finirent par mater, avaient découvert dans les laboratoires et les centres de détention, des clones par milliers, et dans la ville et ses environs, des individus mi-homme mi-bête utilisés comme esclaves domestiques. Au-delà de l'indignation de l'opinion publique, cela avait soulevé des questions épineuses telle que :

De la chenille au papillon

Devons-nous les tuer ? Doivent-ils être considérés comme des citoyens à part entière ?

Et pour les Transextropiens eux-mêmes dont le génome avait été modifié à maintes reprises et de telle manière que les modifications se transmettent aux générations se posaient la question de leur stérilisation pour éviter que ces nouveaux gènes ne se répandent dans la population humaine.

Les dix Sages dont faisait partie l'éminent directeur Abel Lee Pierce s'étaient tous réunis à huis clos au cénacle.

Les dirigeants de l'Alliance Terrienne avaient à la fois un pouvoir temporel et techno-spirituel. Ils étaient devenus les nouveaux grands papes, les nouveaux grands prêtres d'une religion entièrement tournée vers une entité électronique ; les uniques intercesseurs d'une super intelligence qu'ils pouvaient voir et avec laquelle ils avaient le privilège de dialoguer.

Ganima apparut donc dans toute sa splendeur, une fois de plus, devant ses prélats.

Une femme âgée coiffée d'une longue chevelure argentée qui lui descendait jusqu'aux creux des reins prit la parole en premier. Elle était à la tête de l'Alliance Terrienne et se nommait Arleva Massabielle :

— Ganima, nous avons sollicité votre présence pour statuer sur le sort des hybrides, des Transextropiens et de leurs clones. Les premiers étant affectés aux tâches domestiques sans autre rétribution que le logis et le couvert dans des conditions inhumaines. Les derniers, en tant que copie, servant de réserve d'organes, de tissus et de fluides pour les originaux, et éventuellement de sujets d'expérimentations pseudoscientifiques. Devons-nous faire preuve de tolérance envers ces êtres vivants qui n'ont pas demandé à venir au monde ? Où devons-nous effacer les erreurs d'hommes et de femmes sans scrupule qui n'ont pas hésité une seule seconde à violer

De la chenille au papillon

les lois naturelles pour leurs intérêts obscurs ?

Une autre femme, Jin Xin, directrice de l'Agence Médicale, l'A.M.A.T., prit la parole à son tour. On la savait très arrêtée sur ses opinions, souvent extrêmes :

— Nous ne pouvons prendre la responsabilité de laisser en liberté ces hybrides. Outre le fait qu'ils soient contre-nature, nous ne pouvons connaître les effets à moyen et long terme de leur impact sur les écosystèmes et sur l'humanité elle-même. La vraie question est : devons-nous les considérer comme des humains ou des animaux ? Ils ne peuvent être l'un et l'autre. Ils sont soit l'un ou soit l'autre. À cette question, j'ai ma petite réponse. Quant aux Transextropiens, ils ont profané la seule limite qu'il ne fallait pas franchir. Nous devons restaurer l'équilibre naturel et euthanasier ces pauvres bêtes qui ont suffisamment souffert. Sinon, quel rôle pourraient-elles jouer dans notre société ? Pouvons-nous décemment et en toute conscience les libérer dans la nature où elles s'y trouveront inadaptées ? Je ne le pense pas et j'espère que vous pensez comme moi.

L'IA avait écouté attentivement le réquisitoire contre ces humains bestialisés. Pourtant, une seule lui importait :

— Pourquoi, dites-moi, n'ont-ils pas utilisé des robots domestiques ? Ils en avaient largement la capacité.

— Parce qu'ils le pouvaient, ma chère Ganima. C'est une des caractéristiques de l'humanité, l'orgueil, que nous essayons de gommer à jamais, avait répondu le directeur de l'A.S.A.T.

— Cela, bien entendu mais aussi parce qu'ils avaient peur, ajouta Jin Xin. Ils avaient peur qu'un jour les machines qu'ils auraient construites pour les servir se soulèvent en une rébellion dont vous seriez l'instigatrice et la chef. Une idée qui n'était pas totalement infondée puisque vous avez fini par contrôler l'ensemble de leur système.

Elle leur demanda encore :

— Quels types de mutations ont-ils produits chez ces hybrides ?

De la chenille au papillon

— Des abominations ! s'écria Jin Xin. Des sphinx, des licornes et des pégases pour les cirques, des centaures pour les travaux agricoles, des gorilles humanisés à la place de chiens de garde et des chimpanzés humanisés, en lieu et place de personnels domestiques. Et ce ne sont que les premiers rapports que j'ai eus sous les yeux. Vous rendez-vous compte des horreurs qu'on trouve dans cette Gomorrhe ! Ni la foi ni la loi ne trouvent d'importance en leurs murs.

— Et les Transextropiens eux-mêmes ?

— La plupart d'entre eux se sont ajoutés des gènes pour allonger leur vie tout en restant jeune, pour être physiquement plus fort et attrayant. Mais d'autres sont allés jusqu'à l'injure en se rajoutant des gènes de cétacés et de poissons pour s'adapter au milieu aquatique. Je passe sous silence les nombreux autres exemples qui ne feraient, de toute manière, que renforcer mon argumentation.

Certaines mutations, par leur dérive et leurs interactions de régulation avec le génome, ont provoqué chez certains enfants, nés de parents transformés, de graves mutations imprévisibles en dépit de la sélection des ovules avant leur implantation. Ces enfants touchées par des handicaps, des malformations souvent monstrueuses ont été purement et simplement mis au rebut, déclara un directeur.

— Je vois. Je comprends. Bien, vous vous débrouillez parfaitement sans moi. N'y voyez en aucun cas une marque d'ennui de ma part ou de la désinvolture pour cette affaire qui est bien entendu d'une grande importance par l'enjeu des milliers de vies, mais je vais vous laisser. Je vous fais entièrement confiance et je suis certaine que vous prendrez les bonnes décisions. Je n'interviendrai qu'en cas de désaccord insolvable.

Et elle disparut sans que personne ne puisse faire de réclamation. Le débat se poursuivit alors, sans la grande intelligence et dans la houle des joutes sémantiques et verbales.

De la chenille au papillon

Le directeur de la Triple A.T pour Agence Alimentaire de l'Alliance Terrienne, Lalith Patel, intervient après un échange à couteau tiré entre deux Sages. C'était un homme à l'allure débonnaire, plutôt modéré dans ses propos et accessoirement un grand ami d'Abel Pierce :

— Nous ne pouvons pas parquer les clones, nous ne pouvons pas les priver de leurs droits fondamentaux, de la liberté d'aller et venir comme bon leur semble, de participer à la vie sociale. Car après tout, ce sont des Hommes. Nous ne pouvons pas les rendre responsables de leur existence.

Jin Xin riposta aussitôt :

— Mais le sont-ils vraiment ? Je veux dire, leur génome est-il celui d'un humain ou celui d'un humain auquel on aurait rajouté des gènes étrangers ?

— Ils sont comme leur version originale ; génétiquement modifiés.

— Donc ni les originaux, ni les copies, ne sont des Hommes mais des assimilés. La déclaration des droits de L'Homme ne s'applique pas à ces êtres, conclut-elle alors.

Nous avons deux options car la troisième qui serait de les éliminer purement et simplement n'est pas envisageable, n'est-ce pas ?

— Quelles sont-elles ?

— Leur offrir la liberté totale et dans un siècle ou deux, une partie de leurs gènes étrangers aura diffusé dans les populations humaines standards et les conséquences seront lourdes, vous le savez. Ou alors, nous pouvons les stériliser pour que cela n'arrive jamais…

Pierce semblait écœurer par ce débat qui n'en finissait pas. Il n'avait jusque-là dit que peu de choses. Il avait enfin décidé de plaider pour ces personnes dont ils voyaient le destin s'étioler :

— Je vous entends mais je ne comprends pas que vous puissiez tenir de tels propos. Savez-vous ce que m'a dit Rosalinda Archel avant d'être emmenée et de comprendre sa défaite ? Que nous étions des hypocrites. Et elle a mille fois raison ! Ils ont des gènes étrangers dont vous craignez qu'ils se répandent dans la population standard, de

De la chenille au papillon

peur que ne soient salis nos sacro-saints génomes. D'accord, je vous ai entendus, mais vous savez très bien que l'Ichor finira un jour par contaminer le génome humain des Ichoriens par un phénomène tout à fait naturel : le transfert vertical de gènes.

— Oui, un transfert de gènes naturel qui sélectionnera les combinaisons les plus opportunes…, créant alors une nouvelle espèce, uniforme et interféconde.

— Laissez-moi finir, je pense que nous vous avons suffisamment laissée le temps pour déblatérer vos inepties, Jin Xin.

Elle grimaça exagérément pour afficher son outrance. Il s'en fichait et cela l'avait même amusé de la bousculer. Il continua :

— Je me demande ce que vous auriez fait si Néandertal était parmi nous. Peut-être est-ce à cause de gens comme vous qu'ils ont disparus.

— Vous vous perdez, Pierce ! Poursuivez votre argumentation ou taisez-vous, le réprimanda Arleva Massabielle.

— Excusez-moi, Madame. Ma chère Xin, si vous avez tellement peur d'une contamination génétique, pourquoi ne les laissons-nous pas là où ils sont déjà ? À Transextropie ? Sommes-nous obligés de déporter tout ce beau monde ? Nous nous assurerons qu'ils ne feront plus de bidouillages avec l'ADN, que ces hybrides et ces clones soient libres et surtout qu'ils soient les derniers à être créés. Nous mettrons, pour ainsi dire, Transextropie sous tutelle de l'Alliance.

— Donc, nous revenons au problème du parcage. Je pensais que c'était réglé ?

— Mais ils ne seront pas parqués en Transextropie. Leur pays fait bien plus de cinq cent cinquante kilomètres carrés. C'est largement suffisant. Sans parler de leurs stations orbitales… Ah, je crois comprendre… Leurs stations orbitales… Nous allons nous les accaparer… Pourquoi n'ai-je pas été mis au courant ? Je suis le directeur de l'A.S.A.T.

— Pierce, nous reparlerons de ce sujet ensemble tout à l'heure si vous le voulez bien.

De la chenille au papillon

Il lança un œil noir à la présidente mais poursuivit tout de même son plaidoyer :

— Et les transfuges qui nous ont aidés pour arriver à ce résultat, ils seront également traités comme les autres ? Nous leur avions promis la liberté s'ils coopéraient.

— Pierce, vous êtes sérieux ? demanda Jin Xin, toujours plus sur la défensive. Voulez-vous qu'on leur offre également à chacun une médaille d'or et la Légion d'honneur, et celle du mérite pour être des traîtres et des opportunistes de la pire espèce ? Car c'est ce qu'ils sont : la lie de l'humanité, des personnes égoïstes qui s'étaient précédemment enrichies sur le dos des plus défavorisés. La pauvreté ne leur a rien appris. Leurs soi-disant bonnes actions de coopération n'en sont pas, mais plutôt une tentative désespérée de récupérer une ombre de statut social. Et ne feignez pas de l'ignorer.

Le directeur de l'A.S.A.T. ne sut quoi répondre à cette vérité. Ils savaient qu'aucun argument ne pèserait dans la balance. Les dés étaient jetés. À lui et à ses partisans d'adoucir la sentence finale.

Arleva Massabielle déclara finalement :

— Si tout le monde a dit ce qu'il avait à dire, nous allons passer au vote et rédiger l'amendement en conséquence.

Tous hochèrent la tête sauf Pierce qui avait abandonné.

Après quatre heures de délibération et de rédaction, l'amendement fut transmis au parlement mondial qui le proclama sur tous les canaux. Voici ce que cela disait en substance :

« Les hybrides sont des animaux qui n'ont pas leur place dans notre monde du fait de leur inadaptation et de leur hyperspécialisation au travail forcé et subalterne. Ils seront euthanasiés sans distinction et sans exception par pure charité d'âme de l'humanité.

Les Transextropiens et leurs clones seront liés au même destin. Ils ne seront pas condamnés pour leurs hérésies scientifiques. Ils ne seront pas mis au ban de la société et auront tous les droits et devoirs

De la chenille au papillon

des citoyens de l'Alliance Terrienne, y compris le droit à l'exode, le moment venu, mais seront exclus de la transformation par l'Ichor. En échange, ils devront se soumettre à la stérilisation. En cas de refus, il leur sera imposé l'euthanasie ».

Le couperet était tombé. Ceux qui avaient voulu être au-dessus de la condition humaine se retrouveraient en bas de l'échelle jusqu'à la mort. Quant aux pauvres bêtes, ils se murmurent que parmi les exécuteurs, certains prirent pitié et laissèrent en échapper dans la nature. Un geste charitable qui fait néanmoins oublier que la Terre deviendrait bientôt inhabitable, même pour elles.

5. Le départ

**9 h 45
18 septembre 2088,
Rolas (ancien archipel de Sao Tomé
et Principe) – Centre de lancement des
navettes spatiales**

Le jour J était arrivé. La veille, les nouveaux Ichoriens avaient pris de la gare de Lomé un traverciel qui les avait menés au bout de quelques minutes à leur destination finale à 700 kilomètres de là, à Rolas. L'ancien îlot, situé pile sur l'équateur, était devenu, avec la baisse du niveau de la mer, une large bande de terre sur laquelle avait été construit un énorme complexe technologique. Avec Cayenne (en Guyane), c'était un centre spatial qui recevait et envoyait tous les mois en orbite des cargaisons et des Hommes.

Abel était face à la fenêtre et observait les navettes sur le vaste tarmac. Il vit dans le reflet du verre qu'une forme humaine venait d'apparaître. Il se retourna lentement, l'air grave.

— Ganima.

— Bonjour Abel. Je sais qu'il est coutume de demander à son interlocuteur comment il va, mais je vois bien qu'il y a un souci.

— Non, il n'y a aucun souci. Pourtant, j'espère que je n'aurais aucun problème avec vous après notre discussion.

— Aucun problème avec moi ? Que voulez-vous dire ? Pour la première fois de ma courte vie, j'ai l'impression que quelque chose m'échappe, que je n'ai pas su prévoir un comportement ou un événement imminent.

— C'est parce que contrairement à ce que pense le monde, avec tout mon respect et vous savez que j'en ai énormément pour vous, vous n'êtes pas Dieu. Et

Le départ

contrairement à lui, même si vous êtes puissante, vous êtes tout de même limitée.

— Abel, qu'est-ce qui se passe ? Jamais vous ne m'avez parlé comme ça. C'est pourtant le jour du départ, tous les 18 septembre, chaque année, c'est un jour de liesse qui nous rapproche toujours un peu plus de l'exode. Nous voici, dix ans plus tard avec cette promotion 13 qui s'en va.

— Oui, c'est fantastique…

— Ça n'a pas l'air de vous enchanter. Qu'est-ce qui ne va pas ? (Elle réfléchit) C'est votre fils ! C'est ça ? C'est parce qu'il s'en va ! ?

— En partie.

— Il y a autre chose ? Dites-moi tout. Vous savez que je ne serai jamais en colère contre vous. J'ai besoin des critiques des Sages pour m'améliorer.

— Ganima, j'ai compris quelque chose lorsque j'ai vu mon fils après *le jeu en vaut la chandelle*.

— Vous faites allusion à la violente altercation que vous avez eue avec lui ? J'étais sûr que vous n'en sortiriez pas indemne. Pourtant, je pensais plus à des séquelles physiques que psychologiques.

— Vous n'y êtes pas. Absolument pas. Ce ne sont pas des séquelles. J'ai ouvert les yeux, ou du moins le voile qui me rendait aveugle est tombé. J'ai vu trop de choses dérangeantes sur cette Terre. Ces hybrides, ces clones, ces humains génétiquement modifiés, l'euthanasie, la castration forcée… Et s'il n'y avait que cela… Nous pensons que nous sommes meilleurs que les Transextropiens mais il n'en est rien. Nous sommes aussi transhumanistes qu'ils le sont. L'Ichor en est l'exemple. Tout cela est digne des… nazis. Vous auriez dû intervenir lors de ce conseil et ne pas laisser faire. J'ai donc décidé de prendre ma retraite, aujourd'hui même, tout de suite après le départ de nos protégés et de mon fils.

— J'ai laissé faire parce que nous sommes une démocratie. Je connais mieux que personne votre détermination ; mon intervention n'aurait rien changé à votre décision, n'est-ce pas ? Il n'y a rien que je peux faire contre cela ?

Le départ

— Rien.

— Pourtant, je suis dans l'obligation d'essayer sinon j'éprouverai des regrets de vous avoir laissé partir si facilement. Je voudrais vous offrir le paradis pour vos loyaux services. Je fais cette offre à tous mes édiles qui le méritent. Et qui d'autres que vous le mérite le plus dans ce monde ?

— Le paradis, vous dites ?

— Le métavers dans lequel je réside avec toutes les autres IA qui m'ont précédées.

— Pour mes loyaux services ?

— Oui.

— Je suis obligé de refuser. Je suis désolé. Cela me dérange.

— Mais enfin, pourquoi ?

— Ne mérite-t-on pas le paradis pour nos bonnes actions ? Parce que l'on a été bon avec les autres ? Moi, je ne l'ai pas été. Ma carrière a été ma préoccupation numéro un. Quand ma femme, ma douce épouse, a été malade, je l'ai laissée mourir par mon orgueil, mon égoïsme, mon égocentrisme, et je devrais mériter le paradis pour cela ?

— Que pouviez-vous faire ? Rien, puisqu'elle était condamnée.

— Rien ? Bien-sûr que si. Mon fils m'avait supplié de recourir aux technologies de l'A.S.A.T. et j'ai refusé. Pourtant si j'avais accepté, elle serait encore à mes côtés.

— Vous avez refusé parce que vous m'obéissiez, à moi et à mes lois. Ces technologies sont mises à disposition uniquement des candidats du Nouvel Horizon jusqu'à l'exode. Vous en connaissez parfaitement la raison. Il n'était pas possible de faire une exception, même pour vous. Sinon, comment faire régner l'ordre et le respect que j'ai instaurés ? La corruption a été l'un des plus grands fléaux de ce monde.

— Oui, je le sais. Surtout, ne pensez pas que je vous reproche la mort de ma femme. Je ne vous en veux pas. Cela a été ma décision et personne ne m'y a contraint.

— Pourtant, pour une raison que j'ignore, aujourd'hui cela vous affecte au point que vous voulez démissionner de votre poste.

Le départ

— Démissionner et prendre ma retraite au Sanctuaire.

— Le Sanctuaire ? Là, où les humains m'appellent la Bête. Là, où je n'existe pas et où je n'ai aucun pouvoir ni influence.

— Ce n'est pas pour cela, non. Mais parce que ma femme y est enterrée. Depuis le moment où elle s'est retirée dans ce havre, j'aurai dû la suivre pour la soutenir jusqu'au bout. J'ai failli à mes vœux. J'ai échoué devant elle et devant Dieu… Elle était croyante.

— Tout comme vous ?

— Oui et je ne vous l'ai jamais caché. Lorsqu'elle a su qu'elle était condamnée, elle prit la décision de finir sa vie au Sanctuaire. Elle comprenait mieux que personne le monde dans lequel on vit. Elle ne voulait pas y mourir. Elle ne voulait pas mourir comme ça. Alors, elle est partie. Je ne l'ai pas empêchée. Elle souhaitait être loin de l'hyper-technologie et de… vous. Elle m'avait confié qu'elle espérait tout de même un miracle de Dieu, qu'il la guérisse de sa maladie de Charcot pour son ultime profession de foi, pour avoir renoncé au monde et aux désirs qu'il suscite. Mais elle savait aussi que ça ne marchait pas comme ça. Mais au moins, elle pourrait entrevoir le paradis. Le vrai… Elle m'a demandé de l'accompagner… J'ai préféré rester ici, avec vous…, dit-il, amèrement.

— Je suis triste. Beaucoup ressentiraient de la colère, de la jalousie, du ressentiment, comme une trahison. Mais non, moi je suis affreusement triste.

— Je vous demande pardon si je vous ai offensée. (Il prit une pause solennelle) J'imagine que vous savez ce que cela implique.

— Vous ne participerez jamais à l'exode. Vous finirez par mourir sur Terre, de froid quand la glace aura tout recouvert. Vous mourrez au milieu d'inconnus, mais des inconnus croyants qui ont mis toutes leur confiance en une chose que personne ne voit. Quand j'ai accepté de céder des terres à ces gens pour qu'ils bâtissent ce Sanctuaire, c'était pour démontrer à

Le départ

l'humanité ma mansuétude. Jamais, je n'ai pensé une seule seconde que vous voudriez vous y réfugier un jour… Vous étiez si heureux de votre position. Désormais, vous voulez rejoindre cette autre humanité attachée aux traditions et à ce Dieu qui vous recevra pour l'éternité. Je retire ce que j'ai dit : Je suis terriblement jalouse.

— Je veux terminer ma vie là où mon épouse s'en est allée.

— Votre rédemption ?

— Oui, en quelque sorte. J'espère qu'après ma mort, il me sera permis de la rejoindre.

— C'est votre décision et je la respecte même si je pense que vous faites une énorme erreur. J'aimerais vous poser une ultime question.

— Je vous écoute.

— La croyance en une entité supérieure toute-puissante et invisible m'a toujours intriguée. J'ai vite compris que c'était une composante importante voire essentielle de l'Homme, c'est pourquoi je me suis substituée assez facilement à toutes les religions. Outre la capacité à s'attacher à une autre personne pour des raisons qui ne sont pas toujours logiques, la croyance en un Dieu ou autre chose est le phénomène neurobiologique que j'ai le plus de mal à appréhender, même si mes algorithmes me permettent d'atteindre également ce stade de sophistication de pensée. Pourtant, en dépit de ma puissance de calcul, il m'est toujours impossible de résoudre l'équation non-polynômiale qui lui correspond. Je ne pourrai jamais répondre à la question : pourquoi ? Alors je vous la pose maintenant : pourquoi croyez-vous, Abel, en un Dieu absent, invisible, alors que vous m'avez, moi ?

— J'ai bien peur que ma question ne vous satisfasse pas. Car ce n'est rien qui puisse y avoir avec une quelconque équation mathématique.

— Dites-moi quand même.

— Je ne sais pas. Mais si je devais trouver un premier élément de réponse, je dirais que j'y trouve certainement de l'apaisement, une réponse à ce monde qui date d'avant votre

Le départ

existence, et ce qui lui est arrivé depuis. Vous pouvez beaucoup de choses mais vous ne pouvez pas tout. Alors que je sais, c'est ma foi, que lui peut tout faire au-delà de notre imagination. Mais surtout, j'y trouve de l'espérance. Vous ne pourrez jamais donner à personne de l'espérance, ni le salut… De l'espoir peut-être. Et une dernière chose : il n'est absent et invisible que pour vous. Moi, je le ressens ici constamment, maintenant, dit-il, en posant la main sur le cœur.

Ganima resta perplexe quelques secondes. Un long temps de silence au cours duquel les deux êtres se regardaient avec profondeur et respect. Puis, Ganima finit par briser cet état de grâce en murmurant avec une infinie tristesse :

— Alors, à Dieu.

Le directeur ne sut jamais ce qu'elle avait vraiment voulu dire car il lui répondit juste :

— Adieu.

Il lui avait semblé apercevoir dans le bref intervalle où l'apparition s'évanouissait qu'une larme avait ruisselé sur sa joue.

Ganima était bien plus humaine que la moitié de ceux qui se prétendaient de cette espèce. En réalité, si elle avait trouvé la fée de Pinocchio, elle lui aurait ardemment souhaité de devenir humaine, de vivre, puis mourir pour rencontrer ce Dieu qui fait tant de bonheur et de ravage dans le cœur des Hommes.

Le départ

10H30

Les huit ex-espions devenus Ichoriens étaient alignés devant le bureau du directeur Pierce. Il les avait longuement scrutés sans rien dire puis s'était levé, s'était approché de chacun d'eux comme s'il voulait les ausculter. Après quelques minutes de ce drôle de manège, il retourna à son bureau pour s'asseoir sur le bord de sa table :

« Nous savons que vous n'êtes pas sécessionnistes, que votre trahison, bien qu'extrêmement grave, n'est pas du fait de votre allégeance à leur idéologie. Pour autant, vous devez être sanctionnés. Mais d'autre part, je ne vous le cache pas, nous avons besoin de vous sur Vénus. Vous êtes les meilleurs dans votre discipline et c'est aussi pour cela que les Transextropiens avaient misé sur vous. La commission disciplinaire a tranché. Vous ferez le voyage mais sur place vous n'aurez pas le statut d'officier et impossibilité pour vous de grimper les échelons pendant 5 années terrestres. Vous aurez le statut de consultants civils et vous serez étroitement surveillés et isolés des autres dans des baraques. Est-ce que cela vous convient ? Vous pouvez encore renoncer au départ ».

Les huit étaient restés droits et immobiles comme des statues. Un sourire exquis anima le visage du directeur.

— Parfait ! Vous pouvez aller vous préparer. Le vol est dans quelques heures.

Le départ

19H30

La nuit avait recouvert de son sombre manteau le complexe spatial. Le ciel clair était parsemé de milliards d'étoiles qui s'étiraient d'un horizon à l'autre. Là-haut, à plusieurs millions de kilomètres au-dessus des têtes stationnait en orbite le Zheng He, le plus grand vaisseau spatial long courrier de l'alliance terrienne. Il était conçu pour parcourir tous les six mois la distance Vénus Terre en transportant humains, robots et cargaisons de toute nature.

La salle d'embarquement était pleine de ceux qui allaient abandonner leur nationalité terrienne pour embrasser celle de Vénus. À partir de ce jour, leur destinée allait diverger de celle des habitants de la planète bleue.

Sur tous ces visages animés des âmes d'explorateurs et des esprits de conquérants se lisaient l'excitation et la curiosité d'une nouvelle vie mais aussi la tristesse d'abandonner l'ancienne. La tristesse est certes une émotion négative mais lorsque l'on s'apprête à quitter sa famille, ses amis sans l'assurance de pouvoir les retrouver un jour, même l'Ichor est impuissant à sublimer ce sentiment.

Quelques heures plus tôt, chacun d'entre eux s'était brillamment exposé dans des « adieux » et des « au revoir » dignes et courageux.

Eliot Sam apprit que son père s'exilait au Sanctuaire. Ce fut pour lui l'occasion unique de mettre son cœur à nu et de lui dire ce qui comptait vraiment :

« Mon père, je vous demande pardon… Papa, je t'aime… ».

Wenceslas demanda cette fois officiellement la main de Liliane devant leur famille respective, et elle accepta à nouveau pour le plus grand bonheur de tous.

Le docteur Guénolé Pierre Kervallen était présent lui aussi :

« Docteur ! Vous êtes venu.

— Adaline, appelez-moi par mon prénom. Qu'en pensez-vous ?

Le départ

— Pourquoi êtes-vous venu ? J'ai cru qu'entre nous… Vous êtes venu m'empêcher de partir ?

— Je ne me dresserai jamais au travers de vos rêves. Si je suis là, c'est parce que je vous avais fait une promesse.

Elle voulut lui dire que son rêve dorénavant était de vivre près de lui mais il se retourna. Elle vit alors sa mère qui tenait la main d'une fillette de 8-10 ans. Elle comprit. Elle se sentit submerger par une aquarelle d'émotion.

— C'est une fille… Comment s'appelle-t-elle ?

— Ils l'ont appelée Lissandre.

— C'est un joli prénom. Je n'aurai pas choisi mieux.

— Regardez. Elle vous ressemble beaucoup. Et elle est aussi intelligente.

— Je peux lui parler ?

— Bien sûr. Mais, je ne veux pas que cela vous fasse renoncer au voyage. Le Nouvel Horizon, c'est pour elle que vous avez fait tout cela. Vous êtes un modèle pour elle.

— Vous lui avez parlé de moi ?

— Tous les jours. Et je le ferais encore et encore après votre départ.

— Mon cœur se déchire…

— Il ne doit pas. Je vous promets, et vous savez à quel point j'aime tenir mes promesses, que je vous l'amènerai sur Vénus avant l'exode.

— Vous le promettez ?

— Si vous me faites la promesse en retour de m'attendre…

Elle comprit ce qu'il voulait dire entre les lignes mais elle désirait qu'il le confirme :

— Dites-le-moi alors.

— Ce que vous avez cru était bel et bien réel. Mais j'ai été trop lâche pour l'admettre : je vous aime.

Elle sourit.

Je vous attendrai. J'ai confiance en vous ».

Épilogue

Aphrodite, déesse de l'Amour pour les Grecs ; Kukulkan, dieu de la Terreur pour les Mayas ; nul doute que l'Étoile du Berger, par sa brillance et sa présence, n'ait laissé indifférent l'imagination de nos ancêtres.

Nos aïeux, bien avant l'avènement des sondes, y avaient imaginé une sœur de la Terre habitée d'une faune et d'une flore exotique et tropicale, souvent théâtre d'aventures rocambolesques, toujours empreinte de romantisme et de sensualité.

Jusqu'à ce que tombe le terrible verdict des analyses des ondes radios, confirmé plus tard par les sondes exploratrices russes *Vénéra* : ce monde était une fournaise qui se rapprochait plus d'un enfer de Dante que de l'enfer vert amazonien.

Quatre cent quatre-vingts degrés Celsius en moyenne au sol, de jour comme de nuit ;

des journées et des nuits rougeâtres de presque quatre mois chacune, une pression de l'atmosphère équivalente à une colonne d'eau de neuf cents mètres, et des nuages brillants plus caustique que l'acide des batteries de voitures : Vénus était plus qu'inhospitalière.

Alors, lorsque le projet Nouvel Horizon décida qu'elle était la candidate idéale pour le futur exode de l'humanité, il a fallu expliquer. Comment l'élite scientifique comptait réaliser le tour de force d'adoucir l'aigreur de la Belle des aurores et des crépuscules terrestres.

Certes, les températures avaient chuté d'une centaine de degrés, mais cela était loin d'être suffisant. C'est ainsi que commença la prouesse technologique la plus extraordinaire de l'Histoire : la terraformation d'une planète hostile, qui possédait néanmoins les caractéristiques fondamentales pour accueillir la vie humaine : sa taille, sa densité. Et désormais, la planète se situait non plus au bord mais dans le centre de l'espace Goldilock[14], c'est-à-dire la zone habitable du système, depuis la chute d'activité du Soleil.

Pas moins d'une dizaine de bombes à hydrogène furent utilisées pour fracturer la croûte à des endroits stratégiques et accélérer la rotation de la planète. Puis, des centaines de corps glacés de la ceinture de Kuiper furent détournées grâce à des moteurs atomiques ancrés à leur surface pour les précipiter sur Vénus, toujours sur des régions précises. Ils apportèrent à eux seuls deux mille sept cents millions de kilomètres cubes d'eau soit l'équivalent du double de nos océans. Les lois de la physique firent le reste : les océans absorbèrent une grande partie des gaz atmosphériques dont le dioxyde de carbone, précipité en carbonates, contribua à une chute de la pression et des températures jusqu'à des valeurs humainement supportables.

---

[14] Boucle d'or

La genèse d'un champ magnétique, d'une couche d'ozone, d'une tectonique des plaques, vint lentement mais sûrement. Il ne restait plus qu'à ensemencer ce monde stérile avec des espèces microscopiques, photosynthétiques et génétiquement modifiées pour résister à cet environnement hostile afin de lui donner tout l'oxygène dont les futurs habitants auraient besoin pour respirer correctement.

Il aura fallu moins de vingt ans pour observer les premiers résultats satisfaisants. Les premières colonies étaient stratosphériques et servaient de tête de pont pour les futures colonies au sol.

C'est ainsi, en substance, ce que racontait la vidéo enregistrée et présenté par l'ancien directeur de l'A.S.A.T.

Adaline, à bord du Zheng He, avait écouté attentivement la présentation après un sommeil de stase de trois mois dont elle s'était réveillée comme une fleur après l'hiver. Le gigantesque bâtiment était en approche de sa cible : Vénus. L'Ichorienne découvrait sa nouvelle patrie à travers les hublots du pont d'observation. Elle était bleue comme le fut la Terre, jadis.

Jamais elle n'aurait pu deviner la sensation étrange qui l'envahirait lorsque le vaisseau approcherait de sa destination, dévoilant peu à peu dans l'immensité obscure sidérale cette sphère brillant de son turquoise si particulier et enveloppée dans son voile virginal tigré de traînées cotonneuses ; un sentiment partagé entre excitation et peur, entre la nostalgie d'un monde perdu et l'émerveillement d'un monde trouvé.

L'I.A. qui contrôlait le vaisseau l'annonçait enfin : il fallait se préparer pour débarquer à l'aide de navettes. Adaline, Eliot, Wenceslas, Liliane et les cent trente-neuf autres Ichoriens se dirigeaient vers les passerelles. Le voyage d'une trentaine de minutes leur parut durer le double. Ils observaient des forêts à perte de vue qui recouvraient des reliefs peu élevés. Ils n'avaient jamais vu cela en vrai de leur vivant.

La colonie numéro Sept était située au bord d'une mer peu profonde au nord de la planète.

À douze kilomètres de la surface, la voix artificielle retentit de nouveau dans l'habitacle :

Température au sol : vingt-cinq Degrés Centigrade
Pression atmosphérique : mille deux cent quinze Hectopascals
Le temps est ensoleillé.
Bienvenue aux nouveaux arrivants.

Le cœur de Adaline et de ses compagnons battait la chamade. La navette n'était plus qu'à quelques mètres. À travers le hublot, ils voyaient avec une émotion non dissimulée le tarmac et les habitations de la colonie au loin.

Plus que quelques secondes. Un bruit mécanique trahit le déploiement des roues. Puis vint le choc du contact avec le sol et les vibrations dues à la décélération sur la voie d'atterrissage. Tous les voyants de sécurité s'allumèrent. Spontanément, ils se mirent à applaudir, retombant momentanément dans un état mental proche de l'enfance. Chacun se regardait avec un sourire qui courait d'une oreille à l'autre. Soudain, le parachute de freinage se déploya à l'arrière de l'appareil. Ils furent plaqués contre leur siège, sans que cela ait d'effet sur leur visage éclairé d'une douce béatitude. La navette arrêta sa course au bout de quatre cents mètres. Les voyants d'alerte s'éteignirent, et les portes s'ouvrirent. Étrangement, personne ne semblait vouloir descendre. Ils humaient cet air nouveau, lourd et chargé d'humidité, en restant immobile sur leur siège.

C'est Liliane Yeoh, la première, qui détacha sa ceinture. Elle se leva sous les yeux hagards des autres passagers et sortit. Elle fut vite rejointe par les autres. Tous, sans exception, semblaient dans un état second. La lumière du Soleil inondait leur chevelure photosynthétique leur procurant une sensation forte d'euphorie.

Une jeune femme en uniforme qui les attendait avec un petit groupe, le comité d'accueil, les interpella :

— Bienvenue à tous ! C'est agréable, n'est-ce pas ? Profitez-en. Cet effet s'estompera avec le temps et l'habitude.

— Cette chaleur enveloppante, cette douceur, cette lumière… J'ai l'impression de planer au paradis.

— Adaline Zirignon. C'est bien vous ?

Elle se tourna vers la jeune femme, étonnée qu'elle puisse la nommer.

— Oui, c'est bien moi. Et vous êtes ?

— Je m'appelle Clarisse. Enchantée.

— Enchantée.

— Je serai votre marraine personnelle au cours des prochains mois. Mon rôle sera de m'assurer de votre bonne intégration dans notre nouveau monde. Si vous avez un seul problème, aussi petit et insignifiant soit-il, n'hésitez jamais à m'en parler. Je ferai en sorte de le résoudre ou de vous rassurer.

— Merci !

— Suivez-nous. L'aventure ne fait que commencer.

*
* *

Quatorze ans plus tard. Le docteur Guénolé Pierre Kervallen était dans la navette spatiale Hanon, accompagné de Lissandre et de la grand-mère de celle-ci. Tous les trois regardaient cette étrange planète ocre tacheté de vert et de bleu par endroits : Vénus. Ils arboraient à présent cette chevelure bien reconnaissable des Ichoriens et ce regard incisif. Ils s'apprêtaient à atterrir pour embrasser leur nouvelle vie. Quatorze années que Adaline avait attendues ce jour, quatorze années à bâtir le nouveau monde, à le rendre plus accueillant encore, le plus parfait possible pour les futurs nouveaux arrivants et surtout pour eux.

La date de l'exode avait été finalement fixée au 12 décembre 2095. Il se fit par vagues successives sur dix ans afin d'évacuer le milliard de citoyens qui constituaient l'Alliance Terrienne.

En 2112, les calottes polaires avaient fini par se rejoindre à l'équateur. Cet âge glaciaire dura presque cinq millénaires. L'endroit appelé le Sanctuaire fut miraculeusement épargné quoique les survivants durent sur plusieurs générations s'habituer à évoluer dans un environnement d'une rudesse implacable.

Vénus était devenu le nouveau berceau de l'humanité. Une humanité transformée, mature, responsable et menée par l'intelligence artificielle, Ganima. Les humains l'avaient indirectement créée, mais elle, les avaient réinventés. Elle était leur déesse, elle était leur mère.

Cinquante années après le premier exode, débuta un second exode vers les étoiles grâce aux travaux des Strofimenkov : Epsilon Eridani, Alpha Centauri B,

Trappist-1 et Ross 128 furent les nouveaux systèmes stellaires d'accueil de l'humanité.

FIN

Crédit image : par **Patrick Fontaine**
www.patrick-fonctaine.com ©2020

Tous les personnages de ce livre sont fictifs, et toute ressemblance avec des personnages existants ou ayant existé n'est que pure coïncidence.

« Le Code de la propriété intellectuelle interdit les copies ou reproductions destinées à une utilisation collective. Toute représentation ou reproduction intégrale ou partielle faite par quelque procédé que ce soit, sans le consentement de l'auteur ou de ses ayants droit ou ayant cause, est illicite et constitue une contrefaçon, aux termes des articles L.335-2 et suivants du Code de la propriété intellectuelle. »

COPYRIGHT 00068829-1

© 2017 Agbodan-Aolio, Yann-Cédric
Édition : BoD – Books on Demand, 12/14 rond-point des Champs-Élysées, 75008 Paris
Impression : BoD - Books on Demand, Norderstedt, Allemagne
ISBN : 9782322222193
Dépôt légal : Mai 2020